元カレの猫を、預かりまして。

石田祥

双葉文庫

元カレの猫を、
預かりまして。

著者エージェント／アップルシード・エージェンシー

「癒されたいなあ……」

ふと気が抜けて、独り言が零(こぼ)れた。

今日は忙しかった。営業先を何件も回って、会社へ戻ってからはミーティング続き。アシスタントの女の子が定時に上がったあと、残された事務作業に没頭すること、三時間。もう二十一時だ。

ちょっと息抜きにと、プライベート携帯を見たのが失敗だった。母親からの長いメールには、いとこの結婚と、ご近所さんに二人目の孫が生まれたという報告。気を遣った文章は、焦らなくてもいいからねと、お決まりの言葉で締め括(くく)られていた。

心配してもらわなくても焦っていません。

ため息をつき、適当に返信する。こんなことくらいで傷付きはしないけど、誰かから結婚や出産の報告が来るたびに癒されたいと思う。

でも、癒しってなんだろう。

温泉？　エステ？　滝つぼでマイナスイオンを浴びるとか？　どれも今欲しいものではない。

スマホを伏せた。必要なのはもうひと頑張りする気合だ。ガッチガチになった肩をほぐすため大きく伸びをすると、背後から「おお」と声がした。頭を反らすと、矢代篤（やしろあつし）がただでさえデカい目をさらにデカくしている。

「お疲れ様です、柴田（しばた）主任」

「お疲れ。もしかしてわたし、君のこと殴りかけた？」

「ええ。危うくグーパンされるとこでしたよ」

「ごめん、ごめん。肩が詰まってさ」

椅子に座ったままぐるりとフロアを見回すと、ほとんど人がいない。いつもなら営業社員もアシスタントも残業に追われている時間だが、残っているのは社員が数名だけだ。

矢代は真向かいの自席に座った。

「今日はフロアがやけに静かだと思ったら、アシの子が全員帰っちゃったんですね」

「そうなんだよね。早くに上がって、みんなで合コンだって。いいね、若い子は」

「へえ」と、なんだか矢代は物憂げだ。「柴田主任は、行かないんですか」

「どこに?」

「合コン」

　びっくりして、噴き出した。

「行くわけないじゃん。わたしのこと、幾(いく)つだと思ってんのよ」

「合コンに年齢制限とかありましたっけ」

　矢代はフッと口元をほころばせる。出た。この微笑(ほほえ)みで、こいつは会社中の女子社員をキャーキャー言わせている。わたしからすればただの格好つけだけど、スマートな物腰は客先でも評判がいい。

　わたしが勤めているのは、法人向けのセキュリティシステムの販売会社。第二営業部でひとつのチームを任されている。チームの営業成績なんて、結局はどれだけできる部下を持っているかで決まる。わたしは名ばかりの営業主任だけど、運よくメンバーには恵まれて、特に矢代はチームの中で最も仕事ができる。それに地頭がいい。

「だって柴田主任、まだ三十代前半でしょう」

「三十四歳」

「全然、いけますよ」と、また唇の端が気障っぽい角度で上がる。

部長に言われたんじゃ腹も立つけど、矢代はまだ二十九歳だ。歳のことでからかわれても、セクハラって感じにはならない。

「年齢層ってのがあるでしょ。二十代の女子の中にわたしが入っても、微妙な空気になるだけよ。相手にだって気を遣わせちゃうわよ」

「ふうん。だったら合コンの代わりに俺とメシ行きましょうよ。俺、もう終わるんで」

「ありがと。でも気を遣わなくていいよ。それにわたし、S社の提案資料が丸々残ってんの。頑張らないと終電コースだよ」

「そうですか。あまり根詰めすぎないように。じゃあ、俺、帰りますんで」

「うん。お疲れ」と、すぐにパソコンに向き直る。S社のセキュリティ構築はチーム内でも一番の大口だ。ひとつ片付けばまた次の要望が出てくる。数字にはなるけど、時間と工数のかかる難しい案件ばかりだ。

「まさきさん」

矢代がいなくなると、後ろの席の小松安奈(こまつあんな)が話しかけてきた。なんだか楽しそうな顔。こんな時間なのにまだメイクは崩れず、疲れを感じさせない。

「まさきさんってば、また矢代君に誘われてましたね」

「また？　またってなによ」カタカタと、キーを打ちながら答える。

「こないだも、帰りに一杯どうですかって誘われてたじゃないですか。矢代君って、まさきさん狙いなんだ。意外っていうか、意外っていうか」

「なんで二回も同じこと言うのよ。っていうか、あんなの誘いじゃないわよ。ただの社交辞令を真に受けるほど世間知らずじゃないわ。ああ、もう。何時間も画面とにらめっこしているせいで、ドライアイがすごいんだけど」

「そうかな。彼って社交辞令なんか言うタイプかな」

安奈は小首をかしげた。安奈も同じチームのメンバーだ。美人で要領がよく、成績もいい。同じ大学出身なので、女子の営業社員の中では一番仲良しだ。

「矢代君ってかなりモテるじゃないですか。見た目よし、仕事もできる。ちょっとナルシスト気味だけど、あの手のタイプは実は年上好きだったりするのかも」

「だったら安奈がいけばいいじゃん。あんたも彼より上でしょう。今年、三十二だっけ」

「私はああいう俺様系はご遠慮です。なんでもいうことをきいてくれる男じゃないと」


安奈の笑いはいつも茶目っ気がある。この子もかなりモテるタイプだが、確かに矢代とは合わないかも。少しキャラが被っている。

「でもまさきさん、一度くらいは矢代君の誘いに乗ってあげたらどうですか。いいじゃないですか、メシくらい」

「矢代のいうメシって、イタリアンとかおしゃれなダイニングバーとかでしょう。そういうの、もう面倒臭いんだよね。メシっていうと、今は肉しか思い浮かばない。がっつりの焼肉とビール。レアステーキに日本酒。誰かとじゃなく、そういうのは一人で楽しみたいわね」

「おひとり様を満喫しすぎですね、まさきさん。あんまりサボってると、恋愛の仕方忘れちゃいますよ。勿体ないですよ、せっかく綺麗なのに」

「はいはい、どうもありがとね」と、情けなく笑う。

褒めてもらって嬉しいけど、実はもう忘れている。恋愛って、どんなふうに始めるんだっけ？

しばらくして安奈が帰ると、フロアには誰もいなくなった。見積書、構成図、要望書。修正版と差し替え版。ごちゃごちゃの資料を整理していると、また一時間ほど経っていた。もう目元がパシパシする。

効率が悪くなってきたので、適当なところで切り上げて会社を出た。外の乾いた空気のせいだろうか。急に喉がビールを欲する。ここのところ売り上げの管理に追われっぱなしだ。このストレスを冷たいもので思い切り流し込みたい。でも女が一人酒していると、やたらオッサン連中に声をかけられる。こっちは飲みたくて来ているんだと睨みを利かせると、やれ可愛くないだの、高慢ちきだのと野次られる。

一人で飲みたい女だっているんだよ。名残惜しかったが、駅前の飲み屋を通り過ぎた。しまった。こんなことなら矢代と飲みに行けばよかったんだ。男連れなら、男に声をかけられることもない。

「でも、男除けに男使うのは違うか」

ひと気のない夜道で、独り言ちる。

鞄の中でスマホが鳴った。見ると、画面には思いもよらない名前が表示されている。伊藤圭一。驚きで足が止まり、戸惑いながら電話に出た。

「……もしもし」

「もしもし、まさきちゃん。久しぶり。元気してた？」

電話の声は、記憶していたとおりだ。低くて深い響き。優しい喋り方もそのままで、顔のほうが、うろ覚えだ。

「うん。元気だよ。久しぶりだね。三年くらいかな。どうしたの」

「いや、ちょっとさ、まさきちゃんに頼みがあって」

圭一の声はやたらと明るい。別れてから三年ぶりの電話。一瞬だけ時間が戻った。別れた時、彼は無職だった。というか一緒に暮らしていた一年間、圭一はずっと無職だったけど。完全にヒモ状態で、家賃も生活費もすべてこっち持ち。たまに五百円とか千円のお小遣いをねだる程度の、レベルの低いヒモだった。

「頼みって何？　お金だったら、ないからね」

「そんなんじゃないって。まあ、もしあるなら貸してほしかったけど。でも違うよ。まさきちゃんって、まだあのマンションにいるの？」

「うん、まあ」

「よかった。近くにいるから、ちょっと寄るね」

　電話が切れた。しばらく茫然としてしまう。何をしに来るんだろう。頼みってなんだろう。たぶんロクなことじゃない。マンションのエントランスに着くと周りを見る。外にいないってことは、部屋の前で待っているのか。

「もしかして、ヨリ戻そうっていうのかな」

　だったらどうしよう。圭一と別れてからずっと彼氏はいないが、今は仕事が忙しくて誰かと付き合う余裕なんかない。情に流されて居候させないように、ピシャリと断ろう。

　三階のわたしの部屋の前に圭一はいなかった。代わりに、紙袋がふたつ。段ボール箱がひとつ。

「ゴミ？」

圭一が置いていったのだろうか。紙袋を覗くと、毛玉だらけの毛布が入っている。顔を近づけて、ギョッとした。

「クサッ！」

獣臭みたいなのがする。気持ち悪くてほかのゴミを見る気にはなれない。スマホが鳴った。圭一だ。

「ねえ、ちょっと。人んちの前にゴミとか置いていかないでよ」

「ゴミじゃないよ。紙袋のほうは、使ってる容器とかお気に入りの毛布とか、あとカリカリの残りがちょっとだけ入ってる」

「はあ？　っていうか、何よ、この毛布。すっごい臭いんだけど」

「捨てちゃ駄目だよ。それ、ヨミチのお気に入りだから。それがないと機嫌悪くなっちゃうからね」

「夜道？　ねえ、圭一。まだ近くにいるんでしょう。これ取りに来てよね。千円くらいだったら、電車賃代わりにあげるから」

「ありがとね」と、圭一の声は柔らかくて、少し小さかった。「三か月したら引き取りにいくから。それまでヨミチのことお願い。まさきちゃんなら大丈夫だよ。

「じゃあね」

また一方的に電話が切れた。と、同時に段ボール箱が動いて、わたしは飛び退(の)いた。

段ボールが小刻みに揺れている。横に、縦に、何かが中から出たがっているみたいだ。心臓がバクバクとする。

「やだ、ちょっと、なんなのよ」

恐る恐る近づいてみる。使い古しのヨレた段ボールはテープで軽く留めてあるだけだ。怖かったけど、手を伸ばしてテープを引き剥がした。蓋が開いて、埃の塊みたいなのがピョンと出てきた。

一瞬、なんだかわからなかった。ただ、鼻がブタみたいに上向いていて、全身、大掃除したあとの雑巾みたいな灰茶色をしている。

「ブサッ！」

猫だ。かなりのブサ猫。やけに額が広くて、小さい目は離れ気味。仏頂面っていうのか、とにかく全然可愛くない。段ボールの中でおとなしく新聞紙に埋もれ、上目でじっとこっちを見ている。しばらく唖然(あぜん)としてしまったけど、ハッとした。

猫はいつ逃げ出すかわからない。仕方なく、段ボールと紙袋をかかえて部屋に入った。

　このマンションがペット禁止じゃないことを、圭一は覚えていたのだろう。でも飼えなくなった猫を押し付けるなんて、ひどすぎる。

「ちょっとブサニャンコ。じっとしててよ」

　段ボールを玄関に置いた。自分の部屋を見て、散らかり具合にびっくり。ソファの上には服と鞄の山。ネットで買った水とか健康食品が箱のまま床置き。雑誌や本も積んである。

　猫を放せるスペースなんかどこにもない。そもそも、猫というのは放してよいものだろうか。今までハムスターしか飼ったことがないのでわからない。

「とりあえずどっかにケージ作るしかないか。っていうか、首輪してるのかな。猫って、紐で繋いでもいいんだっけ」

「あかんやろ」

「ぎゃあ！」

　びっくりして大声が出た。慌てて周りを見回す。声がした。男の声だ。

「何？　気のせい？」

「気のせいちゃうよ」

「ぎゃあ！」

　また男の声だ。酒焼けしたようなオッサンの声。1DKのどこに隠れているのかわからないけど、この部屋に絶対誰かいる。

「ヒモ男の猫やからゆうて、紐で繋ぐんはあかんやろ。猫は自由な生きモンやで。俺はもうヤンチャは卒業したけど、昔は家の中にいることも嫌やった。よう家出したわ」

「嘘でしょう」

　腰が抜けそうになる。灰色のブサ猫が喋っている。口のあたりをモゴモゴと動かしながら、喋っている。

「悪いけど、しばらく面倒見たってや。ノラ暮らしでもよかったんやけど、俺も歳やから、店の残飯がちょっと脂っこくてな。圭一も心配しよるし、ここで厄介になるわ。圭一があんたはええ人やゆうてたで。まあ、新しい同居人やと思って、仲良く……」

「猫が、猫が喋ってる！　喋ってる！」

　パニックで頭がおかしくなりそうだ。それとも、すでにおかしいのか。慌てて猫から離れ、部屋の隅まで避難する。猫は箱に入ったままだ。

「これは、夢よ。それか幻聴よ。もしかしたら、イタズラ？　箱の中にスピーカーが入ってて、誰かが遠隔で喋ってるのかも」

「誰がそんな手の込んだイタズラ仕掛けよんねん」

　また猫が喋った。ブサイクな顔はそのままで、声は単調。さっきから関西弁だ。猫が関西弁って、おかしいでしょう。

「あんた、なんで関西弁なのよ。関西の猫なの？」

「え、俺、関西弁か？　そんなん考えたことなかったわ。なあ、ねえちゃん。俺の毛布出してんか。俺、もう眠たいねん」

「毛布？」紙袋は部屋の中に持ってきてしまった。「っていうか、ねえちゃんって誰よ。もしかして、わたし？」

「なんや。気安いか」

「当たり前じゃない。見ず知らずの猫にねえちゃんなんて呼ばれたくないわよ」

「えらい水臭いな。あんた、圭一の元カノやろ。俺は圭一の飼い猫や。ドラマの相関図でいうたら、一人、間に挟んで繋がってる仲やないか。圭一はあんたのこと、まさきちゃんって呼んでたな。でも俺はまさきちゃんなんてガラじゃないわ。こそばゆい」

「わたしだって、化け猫にちゃん付けで呼ばれたくないわよ」

だんだんと怖さより腹立ちのほうが勝ってきた。この猫がどうして喋れるのか知らないが、のらりくらりとした口調がムカつく。

そもそも、なんでわたしが圭一の猫の面倒なんか見なくちゃいけないのか。可愛くないどころか、化け物だ。ここはきっぱり断ろう。

「悪いけど、あんたをここには置いておけないわ。毎晩仕事で帰りが遅くて、家のことだって満足にできないのに、猫なんて飼う余裕ないの。ましてや元カレの猫なんて、なんの義務もない。圭一に電話して迎えに来てもらうからね」

また猫が喋り出す前に、圭一に電話を掛けた。だが何度コールしても、掛け直しても、出ない。

「あいつめ。人に化け猫を押し付けやがって」

悔しくて歯ぎしりする。猫は気だるそうに大あくびをした。

「だからここで厄介になるゆうたやろ。ええやん、別に。猫は犬と違って散歩はいらへんし、紳士やからションベンもクソもちゃんと決められた場所でしよる。犬みたいによそ様の壁に引っかけたりせえへん。俺も居候やから、夜鳴きは極力控えるわ。メシも贅沢は言わん。隅っこのほうに間借りしておとなしくしとるさかい、あんたは普段通り生活したらええよ」

「ええよってね。あんたみたいな化け猫が一緒で、普段通り暮らせるわけないでしょう」

もう一度掛けるが、圭一は出ない。こうなったら、段ボール箱ごと外に放り出してやろうか。回り込んで素早くやれば、うまくいくかもしれない。

「おっと。あんた、俺のこと捨てようとしてるやろ」

「な、なんでわかんのよ」

ビビッて、つい体を縮ませる。でもすぐにビビッたことに腹が立った。猫はブサイク顔でこっちを見ている。

「俺、匂いでそいつが怒ってるとか、怖がってるとかわかるねん。あんたはすごいな。度胸あるわ。それにな、そいつから漂ってくる残り香で、周りのやつの感情もわかるねん。あんた、今、男に口説かれてるやろ。若い男や」

「はあ？」

「ふうん。こいつはなかなか、しつこい男やで」

「何わけのわかんないこと言ってんのよ、このブサイク」

放り出すのは諦めた。手荒なことをすると呪われるかもしれない。なんだか急に馬鹿らしくなってきた。たかが猫一匹に、どうして振り回されなきゃならないのか。

「もういいわ。わたしは疲れてんの。明日も忙しいんだから、早く寝たいのよ」

「おう。俺もや。交渉成立やな」

「ムカつくなあ」と、玄関へ近づく。見れば見るほどブサイクな猫だ。「あんた、ここで寝るのよ。部屋には一歩も上がらないでよね」

紙袋から薄汚い毛布をつまんで出す。ムッと悪臭が鼻をついた。

「クッサ！」

「そこに敷いて。フワっと丸くしてや」

猫に言われるまま、臭くて汚い毛布を玄関の隅に丸める。スウェードのパンプスに匂いが移りそうで嫌だけど、玄関から先にこいつを入れるのはもっと嫌だ。猫は、のっそりと段ボールから出てきた。思っていたより小さい猫だ。毛足は長め。猫には詳しくないので、種類はわからない。

猫は毛布の周りを少しうろつくと、匂いを嗅いで、ビーズソファへ沈むように真ん中へ収まった。

「言っとくけど、圭一に連絡がついたらすぐに出てってもらうからね」

睨んでやるが、猫はもう丸くなっていた。興奮したせいでこっちはクタクタだ。お風呂に入ってサッサと寝よう。もしかしたら、明日になればただの猫に変わっているかもしれない。たぶん、いやきっと、そうだろう。

風呂場に向かおうとして、ふと思った。ただの猫になる前に、一応聞いておこうか。

「あんた、名前は?」

猫は片目を開けた。

「ヨミチや。圭一が夜の道で拾ったから、そうつけよった」

「なに、それ。変な名前」

「俺もそう思うわ」

　猫はまた目を閉じた。


　珍しく昼の時間に外回りがないので、安奈と二人で社食を取ることにした。食堂は内勤の社員でにぎやかだ。わたしたちは眺めのいい窓側のテーブルに座った。

「元カレの猫を預かった？」安奈が聞き返した。

「そうなの」

　安くて美味しいランチも、朝からの憂鬱を晴らしてはくれない。化け猫は、残念ながら関西弁のオッサンのままだった。一段とブサイクさを増し、部屋もなんとなく臭かった。

「昨日、家に帰ったら、マンションの前に荷物と猫を置き去りにしてさ、電話にも出ないの」

「それ、最悪じゃないですか。その元カレって、どんな人なんですか」

「どんなって」

食べながら、圭一のことを思い出す。顔はよかった。人当たりもよかった。声が癒し系で、優しい言葉を囁かれるとうっとりしたものだ。

でも、無職。

「自称ミュージシャンってやつよ。三つ年下で……」

「あれ？　まさきさん、年下と付き合っていたんですか。だったら」

「だったら、何よ」

睨んでやる。安奈は悪戯っぽく笑って、首を振った。

「いいえ、なんでもありません。で、その年下ミュージシャン、売れてたんですか？」

「全然。昔は路上で歌いながら自作のＣＤ売ってたらしいけど、それを作るお金もなくなって、たまに駅前で歌って、おこぼれ貰ってた」

お金がなかったから、二人でよくブラブラと近所を散歩した。圭一は外でも恥ずかしげなく手をつないできた。家でもやたらとベタベタしてくる甘えん坊で、一緒にいる間は割と幸せだった。

「結構きつい人と付き合ってたんですね、まさきさん。それって所謂、ヒモでしょう。その人とはなんで別れたんですか？」

「なんでって……。わたしが今のチームを任されて、忙しくなったからかな。三年前にふらっと出て行って、それっきり。それが急に連絡してきて、あんな化け猫を……。ブサイク猫を押し付けられて、困ってんの。これからB社の社内コンペもあるっていうのに」

「ああ、それですね。でもうちのチーム内はあまりテンションが上がってませんよね。正直、私もそこまで力が入らないっていうか、今の担当企業だけで手いっぱいっていうか」

「確かにね。面白い案件だし、新規拡販したいのは山々だけど、よそのチームと競い合うほど時間に余裕がないのも事実よね。安奈と矢代君はまだ余力あるけど、ほかのメンバーはプレゼンの資料作成する時間を捻出できるか。でも参加するからには、情けないものは出せないわ。一度、ミーティングしないと駄目かしらね」

「辞退はできないんですか？」

安奈は明らかにやめたがっている。大手B社のセキュリティ全般を第一営業部が受注し、その一部の窓口を、第二営業部のいずれかのチームが引き受けることになった。顧客向けの説明をまず社内で披露し、よかったチームが担当するのだ。

だが、社内コンペしてまで欲しい仕事ではないので、面倒な気持ちはわたしも同じだ。無駄な事務作業を増やしたくないのもある。コンペ用のプレゼン資料を作るのは、かなりの手間だ。今は自分が担当するS社のセキュリティ構築に力を注ぎたい。

不参加も、ありかもしれない。わたしがそう判断すればメンバーは従うだろう。

「珍しい。トップ営業の女子が二人、優雅に社食ランチとは」

顔を上げると、立っているのはランチのプレートを持った玉川壮一郎（たまかわそういちろう）だ。体育会系の元気よさが、周りの目を引いている。

「なんだ。玉川か」

「なんだとは、なんだよ。おまけに呼び捨てかよ」

「あら、失礼。玉川課長。そっちこそ呑気に昼休みなんて取っってていいんですか」

「いいだろ。昼飯くらい食わせろよ。美女に挟まれて、リラックスタイムだよ。

小松さん、ここ、いいかな？」

「どうぞ」と、安奈は急によそ行きの笑顔だ。なんでわたしには断らないのかと、むっとした。

ちょっとくらいつっかかっても、玉川はいつも笑顔でかわす。大手企業を担当する第一営業部の課長なので本当ならもっと偉ぶっていてもいいのだが、気さくなやつだ。

「あんた、B社の直担当でしょう。新社屋のセキュリティの件で、大忙しだって聞いたわよ」

「おう、だからおまえも頑張ってくれよ。システム系はそっちのチームで競い合って、一番いいもんを俺の手柄としてB社に持ち込むんだからな」

まさにさっきの話だ。安奈がチラリと目配せしてくる。

「あのさ、その件なんだけど」

「矢代とも話したけど、あいつ、かなり気合入ってるからな。おまえのチームのプレゼン、俺は期待してるぜ」

「えっ」と、安奈と目を合わせた。安奈も意外そうだ。玉川はあっという間に食事を終わらせると、「じゃあな」と席を立った。本当はかなり忙しいのだろう。

「矢代君がB社の件に前向きだなんて知らなかったわ。前に聞いた時は、あまり興味なさそうだったのに。安奈、知ってた？」

「いいえ。っていうか、今思い出しましたけど、玉川課長も、まさきさんの元カレですよね」

安奈が興味津々とばかりに聞いてきた。あまり触れられたくない話題だから、忘れた振りをしていたのだけど。

「大昔の話よ。入社した頃の、よくある話」

「確か二人は同期ですよね」

「そう。右も左もわかんない新入社員同士が意気投合して、ちょっとの間、付き合っただけよ」

「どっちから言ったんですか？　で、どうして別れたんですか？」

安奈はニヤニヤしている。まったく、この子は。恋愛ネタが好きなんだから。

「誘ったのは向こうだけど、お互いに気があるのは明らかだったからね。でも半年くらいで終わったわ。部署異動ですれ違いが多くなってね。あいつとはずっと仕事で関わりがあるから、元カレって感じじゃないわよ。奥さんのことだってよく知ってるし」

「聞いたことあります。以前うちの人事にいた、ミスなんとか大学の超美人でしょう」

「彼女が入社してすぐにあいつが目を付けて、持ってっちゃったの。今でも仲良くしてるはずよ。子供も二人いるし」

「仕事ができて、周りからの人望もあって、マイホームパパか。私はああいう優等生タイプはパスかな。男はちょっとくらいだらしないほうが可愛いもの」

「あんたもヒモ男つかまえるクチね」

ランチのあと、安奈は外回りに出かけていった。わたしも二社訪問を済ませ、夕方会社へ戻った。同じタイミングで、矢代も外出先から戻ってきた。

「ああ、矢代君。お疲れ。どう？　K社の感触は」

「宿題いっぱいもらってきましたよ。でも、悪くはありません。これからアシの子と打ち合わせして、早々に片付けます」

矢代が手にしているのは、近くのデパ地下に入っている有名洋菓子店の紙袋だ。

焼きたてなのか香ばしい匂い。わたしが見ていることに気付いて、矢代ははにかんだ。

「アシの子にはちょっと無理なお願いするんで、先払いです」

「矢代君って、割と古い手使うわよね。でも実はそれが一番有効なんだけどね」

「先輩方に教わった結果ですよ。普段からマメにコミュニケーション取ってるかで、差が開くってね。すみませんが、柴田主任の分はなしです」

矢代は紙袋を少し掲げた。

「いいわよ、そんな気を遣わなくても」

「代わりに、上がったら軽く飲みに行きませんか」

「ああ、今日は駄目だわ」

「そうですか」

矢代が微笑む。急に、あの猫のことを思い出した。口説かれてはいないけど、そういえば昨日も矢代に誘われたっけ。なんだか自分の態度が素っ気なさすぎて、よくない気がしてきた。

「あのさ」と、背中を向けた矢代を引き留めた。「今日はさ、猫の餌を買いに行かなきゃならないんだよね」

「猫？」矢代が唇の端で訝(いぶか)った。「柴田主任、猫飼ってるんですか」

「ううん。知り合いから預かったの。それでさ、ちょっとしか餌が残ってなくて買い足さなきゃならないんだけど、化け猫がどうしても同じカリカリじゃないと嫌だって言うから、ペットショップが開いてる時間に行かないと」

「化け猫？」

「あ、いや、ええと、ドラ猫みたいなやつなの。ブサイクで、小汚いの」

「ひどいな、人の猫なんでしょう」

そう言って、矢代はおかしそうに笑った。こいつが自然に笑っているのを、初めて見た気がする。いつもは格好つけるためとか、愛想とか皮肉とか、そんな笑い方だったのに。ちょっと、可愛いと思ってしまった。矢代の目はまだ笑っていた。

「猫のカリカリって重要なんですよ。違うやつだと全然食べてくれなかったりしますから」

「矢代君、猫飼ってるんだ」

「昔、実家でね。もう死んじゃいましたけど。俺が生まれた時から家にいて、大学生の頃までいましたね。可愛いですよね、猫」

「その猫って、やっぱりちょっと喋ったりした？」

食いつき方が激しかったのか、矢代は少し驚いたようだ。

「喋るって、猫が？」

「あ、えっと……ほら、よくテレビの動物大好き特集みたいなのでやってるじゃん。ゴハンとか、オカヘリとか、飼い主が無理やりこじつけてるの」

「ああ、あれね」矢代はまた笑った。「うちのはなんの芸もなかったですね。ナーとかニャーとかしか言わなかったですよ」

するとと、突然背後から黄色い声がした。

「やだ、矢代さんが猫の真似してる。可愛い」

総務部の若い女子社員が矢代に近寄り、顔を覗き込んだ。確かミスなんとか大学で話題になった可愛い子。パステルカラーの服にふんわりカールした髪は、女子力高めだ。特に何をされたわけじゃないけど、声のトーンが苦手で、わたしはすぐにその場から離れた。アシスタントの女子がヒソヒソと話すのが聞こえてくる。

「あの子、完全に矢代さん狙いだよね。メールで済む用件なのに、わざわざフロアまで来るし」

「ああいうわかりやすいのに矢代さんが引っかかったら、ショック。幻滅しちゃうかも」

ふうん、と鼻を鳴らした。じゃあ、どんな女の子だったら納得するんだろう。つまりは、自分ってことかな。

若い子にとっては、どこだって恋愛の場になるのは承知済み、経験済みだ。会社や訪問先だって、常に恋愛が絡む。お気に入りの商談相手がいる先に行く時には浮足立つものだ。ただ最近、わたしにはそういうことがない。仕事と同様に頑張れるほど、男に興味がなくなってきた。男より、焼肉とか一人酒のほうが魅力的に思えるのだからしょうがない。

仕事を片し、ほぼ定時で帰ろうとすると、玉川に呼び止められた。

「なんだ。もう帰るのか」

「たまにはいいでしょ」

「まあな。どうだ、軽く一杯」

「ああ、駄目だわ。ちょっと用事があってさ。焼肉なら行きたいけどね」

「焼肉ね。わかった。今度な」と、玉川は手を上げた。ペットフードを求めての定時ダッシュなんて、社会人生活で初めてだ。ホームセンターに入ると、びっくりするくらいペット用コーナーが広い。土嚢かよっていうほどの大袋から、高級カニ身ですかってくらいの豪華な缶詰まで、色んなものがある。餌袋の写メを撮ってきてよかった。種類、ありすぎでしょう。

化け猫が指定したのは安めのドライフードだ。ひと袋だけ買って、マンションに帰った。もしかしたら、猫は煙のように消えているかもしれない。もしくは喋らない普通の猫になっているかも。

ドアを開けて、一瞬、部屋を間違ったかと思った。閉めて、また開けた。

「嘘でしょう」

昨日は腰が抜けそうになったけど、今日は膝が折れそう。部屋の中が、めちゃくちゃだ。あらゆるものがひっくり返され、床に散らばっている。

泥棒だなんて思わない。だって泥棒は服をズタズタに引き裂いたり、バッグをバリバリに引っ掻いたり、クッションの中綿を引っ張り出したりしない。放心状態で中に入ると、傷だらけになったブランドのバッグを見下ろす。

「俺もなあ、我慢はしたんや」

のっそりと、カーテンの陰から猫が現れた。足音もさせずに寄ってくる。

じわじわと血圧が上がっていくのがわかる。

「このバッグ、一か月分の給料より高かったんですけど」

「うん……。わかるわ。引っ掻いた時の滑らかさが、さすがって感じやったから」

猫はブサイクな顔で、うんうんと頷く。怒りで全身が震えてきた。

「このクソ猫。バカ猫。アホ猫」

「いや、マジすまん。でもな、いくら俺が喋れる猫やいうても、所詮はただの猫や。猫がいる部屋に、そんなヒラヒラしたもんとか、爪立てたくなるもんを置いてるほうが悪いわ。いや、俺もな、あかん思てん。ギリギリまで我慢したんや。もうちょっとあんたが早く帰ってきたら、間におうたかもしれん。でもな、まさやん、形あるもんはいずれ壊れる運命なんや」

「はあ?」と、声が裏返った。「なに説教垂れてんのよ、このブサイクが！　あんた、この鞄、いくらすると思ってんのよ！」

「だから、一か月分の給料より高かったんやろう。わかった。俺が悪かった。すまん」

　猫はちょっとだけ頭を下げた。そのあと散々怒鳴りまくったけど、猫の謝り方は言い訳がましく、どこまでいっても単調だ。もう息が上がって、頭がくらくらする。

「まさやん、ちょっと座りいな。頭の線、切れるで」

「切れてんのよ、もう。このドラ猫、ほんとにムカつくわ」

　ズタボロになったセーターを拾い上げ、猫の毛だらけのソファに座る。壁紙も引っ掻かれている。最悪だ。頭がガンガンする。

「あんな、まさやん。電源コードだけはかじるの我慢したで。あれ、バリバリってなりそうで怖いからな」

「だったら全部我慢しろっての。だいたい何よ、その呼び方」

「まさきはん、のほうがええか」

「どっちも嫌だよ。っていうか、マジで勘弁だわ。この服もすごく高かったのに。まだ全然着てないのに」

「まあ、猫と暮らすゆうんはこういうことや。勉強になったやろ」

猫はもうどうでもよさげに、伸びをしている。また頭にきた。大股で部屋の隅まで行くと、あの悪臭漂う毛布を摑んだ。

「あっ！　ちょっと待て！　それはあかんて」

猫が走ってきたので、奪われないように毛布を高く掲げる。

「もし次にこんなことしたら、これ、コンロで燃やすからね」

「燃やすて、なんちゅう恐ろしいこと言うねん。そんなんやから、ええ歳して嫁にいかれへんのやろう」

「うるさい。本気だからね。本気で燃やすからね」

「わかった、わかった。もうやらへん」と猫が懇願するので、汚い毛布はとりあえず放った。朝は玄関に丸めたままだったのに、いつの間に、部屋まで運んできたのだろう。勝手に日当たりのいい位置を確保している。

「まあ、ここらで休戦といこうや。まさやん、カリカリの用意してや」

「偉そうに言うな、バカ」

相手が化け猫だろうと、めちゃめちゃ腹が立っていようと、餌をやらないわけにはいかず、仕方なく餌入れのプラスチック皿にドライフードを入れる。圭一が持ってきた分だけでは足りず、買ってきた袋を開けて継ぎ足した。猫はすぐにがっついた。

お腹がすいていたのかと思うと、ちょっとだけ可哀そうな気がする。でも、同情は禁物。自分の夕飯を作りながら圭一に電話を掛けるが、今日もやつは出ない。

「なんで出ないのよ。着信拒否されてんのかしら」

「圭一はそんなことせえへん。心配せんでもそのうち掛けてきよるって」

「そのうちじゃ困るのよ。あんたのこと、早いとこ引き取ってもらわないと。今日は早く帰れたけど、遅い時のほうが多いのよ。毎日のご飯、こんな時間に用意できないんだからね」

「ええよ、別に。遅くても」

猫はガリガリ音を立てて、ドライフードを噛（か）む。牙をむき出しにして、食べにくそうだ。

「ねえ、それ。硬すぎるんじゃないの」

「歯ごたえがあるほうが好きやねん。まさやんも、もうちょっと硬いもん食べたほうがええで。人間はええもんの食べすぎや」

「よく言うわよ。キャットフード買いにいって種類の多さにびっくりしたわ。何よ、あのロイヤルなんとかにプレミアムなんとかって。贅沢すぎ。成人病で死んじゃうわよ」

「あんなん、別に猫のほうから作ってくれって言うたわけやないわ。人間様が勝手に作りよったもんを、勝手に出してきよるさかい、食べずにはいられへんのや」

こっちの食事ができる前には、もう猫は皿を空にしていた。体をペロペロと舐めている。ブサイクでも一丁前に毛づくろいとかするんだ。元々汚れているような毛色だ。綺麗になるとは思えない。

「なんか今、俺のこと馬鹿にしたやろ」

急に猫が上目で睨んできた。目が小さいから、睨まれるとブサイク度合いが増す。心を読まれてムカッとした。

「してないわよ。猫なんかに人間様の気持ちがわかるもんですか。人間ってのはね、複雑で繊細なのよ」

缶ビール片手に食事するわたしの足元を、猫はゆっくりと歩き回った。

「今日のあんたの昼飯は、ヒレカツとエビクリームコロッケや」

「げっ、なんでわかんの」

「残り香や。あんたの胃の奥の、小腸の奥の大腸の奥のドロドロから匂ってくる」

「やめろ、気持ち悪いな」吐き気が込み上げる。

「ほかのこともわかるで。なんか、甘い匂いがちょっとだけ残ってるわ。あんたが食べたもんやない。バターとオレンジの匂いや」

「さすが妖怪。そんなのまでわかるのね。営業の矢代君がアシスタントの女子に買ってきたお菓子よ。数が足りなくて、わたしには当たらなかったけど」

「匂いが強いから残ってるんやない。そいつの感情のせいや」

「感情?」

「そうや。昨日、言うたやろ。俺、人の感情が匂いでわかるねん。あんたに付いてる匂いの中に、強い感情が残ってる。ホルモンでわかるねん。男や。若い男。まさやんのこと口説いてる男の感情や」

「口説いてるって」

ビール缶の最後のひと口を呷(あお)り飲む。カラの缶をテーブルに置くと、情けないような軽い音がした。矢代がわたしを口説いてる？　何度か誘われたけど、口説かれたわけじゃない。

「矢代なんて五コも年下よ。しかもわたし、名ばかりだけど上司だし」

「そんなん関係あらへんやんか。付きおうたれや」

「メシ行こうって誘われただけよ。まあ、飲みに行こうとも言われたけど」

「行ったらええがな。何をもったいぶっとるねん。出し惜しみするような歳か」

「失礼ね。人のこと渋ちんみたいに言って。向こうはミスなんとかにもチヤホヤされるような営業のエースなの。それに男の二十九歳なんてまだ浮ついてるんだから、そんなのに振り回されるのは御免よ」

「そいつが二十九で……まさやんが五コ上やから……まさやんは今、三十と四つげっ、こいつ、足し算してる。すごいを通り越して不気味だ。しげしげ眺めているか。四の次は五や」

と、猫の仏頂面が増した。

「まさやん。四捨五入って知ってるか」

四捨五入までできるのか。気色悪い。

「知ってるけど」

「まさやんは、次、三十五やから、四捨五入したら五十や」

「違うわよ。なんでそこだけ急に計算がおかしくなるのよ」

「六十か」

「増やすな。四十だよ。わたしは来年、四十歳だよ。いやいや違う。違うけど、とにかく年下のつかみどころのない感じは圭一で懲りたのよ。フワフワしたあの感じが今のわたしにはもう無理なの。わけのわかんないこと言ってないで、サッサと食って寝ろ。バカ猫」

「俺は完食しました。ダラダラ食べてんのは、あんただけです」

猫はプイと背を向けると、尻尾を高く立てたまま静かに部屋を横切る。それなりに猫っぽい仕草。じっと見ていると、急に振り返った。

「あんな、営業のエースやからゆうて、何回も同じ女誘うのは勇気いるで。それに、たとえどんなにモテるゆうても、断られたらそれなりに凹むもんや。可哀そうに、その矢代いう男、今頃家で泣いてるんちゃうか」

「え……」

なんだか急に、自分がひどく無神経な気がしてきた。平気そうな顔していたけど、もしかしたら矢代を傷付けたのだろうか。

「それに、もう一人、男の匂いがする。こいつもまさやんのこと誘ってるけど、そこまでホルモンが分泌されとらへんな」

「ちょっと、その言い方やめてくれる？」

「まあ、あわよくば、くらいの感じか。まさやんは意外とモテるなあ」

「意外は余計だ」もう一人？　首をかしげて、しばらく考える。そういえば会社から帰る間際に玉川に話しかけられたっけ。

「玉川のこと？　あいつはないないない。今はもう友達みたいなもんよ。結婚してるしね」

「それも関係あらへん。でもまあ、どっちを家に連れ込むんか、前もって言うてや。やっさんか、たまやんか。名前間違ったら気まずいやろ」

「何、あんた、ほかの人の前でも喋る気？　っていうか、喋れるの？　もしかしたら圭一の前でも喋ってたわけ？　わかったわ。だから捨てられたのね」

猫は答えなかった。ググっと背中を反らして、体全体で伸びをする。そしてまた優雅に歩くと、汚い毛布の中に収まった。


B社へ導入するセキュリティの一部について、社内でコンペを行い、優秀なチームが担当することになっている。わたしのチームは営業が五名。ミーティングでは意見が分かれた。

「俺はB社の仕事はやってみたいですね。相手は大手ですし、それにこのシステムは開発部の自信作ですよ。うまくいけば、うちのチームの導入事例の代表として、他社へも展開できます。目線を先に向ければ、やるのは当然だと思います」

矢代は悠然と言った。いつもの笑みを浮かべている。消極的なのは安奈ともう一名の営業社員。安奈は少しムッとしたようだ。

「でも、取れるかどうかわからない案件に時間を割くより、確実な数字をより確実にするほうがいいと思うわ。このままいけば、うちのチームの今期の営業成績は達成よ。でも手を抜けば、決まった商談だって落としかねない」

「達成も、もちろんです。落とすつもりは毛頭ありません」

「だったら」

「はい。ストップ」

熱が入りすぎてきたので、わたしは二人を止めた。どちらも自分のことだけではなく、チーム全体を考えての意見だ。全員から話を聞いたが、参加が二名、不参加が二名。矢代と安奈は自分の数字がほぼ見込めているが、ほかの二人は危うい。今のところ、チーム全体では達成できる計算だ。

一番成績不振は野見山(のみやま)だ。入社三年目の最若手で、いつもぼんやりしている。野見山は不参加を希望している。自分の仕事がままならないのだから、コンペに関わる余裕などない。

全体のことも大事だ。でも、個人の成績も大切にしてやらなくてはいけない。未達成は野見山の評価に直結する。

「わかったわ。今回は個々の数字に注力するほうを取りましょう。コンペには不参加よ」

「柴田主任」と、矢代が異を唱えたが、わたしは首を横に振った。

「矢代君と小松さんのお陰で、今期のチームとしての成績はたぶんトップよ。でも全員の達成も目標のひとつだわ。先のことを考えれば確かにB社はおいしい商談だけど、今はほかにやるべきことが」

「あの、主任」野見山が小さく手を挙げた。「僕、やっぱり参加してみたいです」

「へっ？」

素っ頓狂な声が出た。野見山は恥ずかしそうに俯いている。

「どのみち、今からじゃ個人では達成できないし、それなら面白いことをやってみたいかなって。僕が未達成でもチームには迷惑かからないですよね。ほかの人が頑張ってくれてるんだから」

「いやいや、あんたも頑張んなさいよ」

呆れて、素の口調になる。矢代が顔を背けた。笑っているのだ。

しばらく話し合った結果、最後は全員一致でコンペに参加することになった。

そのあと女子トイレでは、安奈が憤慨した。

「まったく、野見山のやつ。あいつのために矢代と戦ってやったのに、裏切ってさ」

結局、プレゼンのリーダーは成績不振の野見山が務めることになった。一番暇なやつだ。補佐に矢代。実質、ほとんど矢代が練るだろう。

「ほんと、今どきって感じよね。自分の数字をあんなにあっさり諦めるなんて。ああいうの困るわ。叱ればいいのか、褒めればいいのか」

鏡越しに、安奈に話しかける。安奈も鏡のわたしに答えた。

「プライドがないんですよ。最低限のお給料がもらえて、クビにならなきゃそれでいいってタイプ。少しは矢代を見習えっての。前半でほぼ達成してるのに、まだガツガツ仕事取りにいく。ほんと貪欲なんだから」

「ああいうの、肉食っていうのかしらね」

「プライベートでも絶対にそうですよ。あんなのに狙われたんじゃ、まさきさんも逃れられませんね。今どき珍しいんですよ。自分からいく肉食男子って」

「わたしも最近は肉食よ。仕事が忙しくなればなるほど、肉が食べたくなるのよね。ああ、肉食べたい。ひと目を気にせずガツガツいきたいわ」

身を乗り出して、目元の小じわをファンデーションで埋める。安奈が鏡の中で眉を寄せている。

「前から思ってましたけど、まさきさんってちょっと天然ですよね」

「えっ、やだ。天然ってバカっぽいってことじゃん。やめてよね」

「いや、そうじゃなくて、天然なんですよ。いい意味です」

「そう?」

「そうです」と、安奈は苦笑した。「決めたからには、B社の仕事、取りましょうね。私も時間を無駄にしたくないんで」

「さすが、できる営業。こっちも玉川から情報仕入れておくわ」

「使えるものは元カレでも使えってことですね」

「元カレにも賞味期限があるっての。あいつはとっくに切れてるわよ」

わたしにとって元カレといえば、圭一だ。でも、圭一も賞味期限切れかもしれない。トイレから出ると、ぼんやりしながら歩く。もう三年も会っていないのだ。

わたしがもし誰かに何かを預けなきゃならないとして、すぐにやつを思い出すだろうか。

まずは親かな。それから友達。内容によっては同僚。元カレなんて頼る存在じゃない。

「なんであいつ、わたしにヨミチを預けたのかな」

「柴田主任」

デスクに戻ると、矢代が声をかけてきた。ゆったりとした動きを見て、あの化け猫の静かな足運びを思い出した。分類するなら、こいつはネコ科だ。

「野見山と相談したんですが、あいつが受け持ち企業に訪問する時、俺が同行してもいいですか」

「それって、野見山君の数字のため?」

「ええ、今回のを逃げの口実にされたくないんで」

矢代がニヤリと笑った。意地悪い含みに、こっちもついニヤリとする。

「いいね。ちょっとは叩いてやって。ってか、本来ならわたしの仕事なんだけどね」

「柴田主任はS社の案件に集中してください。あそこ外すと、いくら俺らが頑張ってもチーム成績の達成は無理なんで」

こいつ、ほんと全体見てるよな。気が利いて、ちょっと感動してしまう。矢代は軽く周りに目を馳せた。

「別に、だからってわけじゃないけど、時間あればメシでもどうですか」

「そんな気を遣わなくてもいいって」

反射的に即答してしまった。矢代は「そうですか」と笑った。一瞬だけ、その目に今までとは違うほろ苦さが見えた。

「あ、肉」

「え？」

「焼肉なら行きたい。でも、二人で焼肉はちょっと。だってほら、食べた量がわかっちゃうじゃん」

「なんすか、それ。柴田主任でも、そういうの気にするんですか」

矢代の顔が明るくなった。ホッとした。

「何よ、柴田主任でもって。わたしだって一応女なんですからね。一人で何皿も平らげたって言われたくないから、何人か呼んでよ。矢代君の同期とかでいいからさ」

「わかりました。じゃあそうだな、金曜とかどうですか」

「いいね」

予定が決まると、さらにホッとした。化け猫の言うとおりになったのは癪だけど、確かに何度も断るのはもったいぶっているみたいだ。二人きりでなければ気が楽だし、そもそも、矢代には下心なんてないだろう。そう思うと、急に楽しみになってきた。

「なんか早く行きたくなってきた」

「なんすか、急に」

「だって、口がもう肉の口になってきたんだもの。ヤバイ。今日の晩御飯、肉にするかも」

「駄目でしょ。そこは我慢でしょう」

矢代が声を出して笑った。笑うと、更に猫っぽい。へえ、なんか可愛い。女子社員にキャーキャー言われるのも、少しわかった。

「なんや、まさやん。尻込みしよったな」

ブスっと不貞腐(ふてくさ)れたような顔で、猫は言った。でもなんだか、目の奥であざ笑っているみたいだ。

「尻込みって何よ。失礼ね」

こっちは今日も残業で疲れている。それなのに自分の夕飯よりも猫の餌を一番に用意してやっている。こんなに動物愛護精神に溢れる仮の飼い主がいるか？自分で自分を褒めてあげたい。

餌と新しい水を猫の前に置くと、仁王立ちして見下ろす。

「ビビッたわけじゃないわ。二人で行くより、大勢で行ったほうが楽しいでしょう」

「その矢代いう年下男が手に余りそうで、怖いんやろう」猫はガリガリ音を立て、キャットフードを嚙み砕いた。「どや？　図星やろ」

「ムカつく」

ビール缶片手に自分の食事に取り掛かる。確かに、図星だ。

「別に年下だからとか、そんなんじゃないわよ。ただあいつって、ちょっと格好つけるところがあるのよね。動きなんかもいちいち気取っててさ」

「そいつ、アホなんか」

「ぶっ」つい笑ってしまう。矢代が聞いたら、ムッとするだろう。「アホじゃないわよ。でも可愛げはないかな。もう少し甘えておけばいいのにって思う時もあるわ」

　時々、感じてしまう。矢代は仕事する上で、周りに対して根回しをしすぎる。顧客の直接の窓口になるのが営業だ。それ以外のことは、ある程度エンジニアや事務員に任せておかなければ業務が回らない。言い方は悪いが、アシスタントが何時間もかけて作った資料を、さも自分がやったように客に披露することも必要だ。厚かましさ。図々しさ。裏でペコペコするのは個人のやりよう。営業が最も重要とされるのは、売り上げだ。

「もちろん、周りとうまくやっていくのは大事だけどね。でもなんでもかんでも把握しておきたいっていうのは、あいつのプライドの問題だと思う。全部終わったあとで、ありがとう、またよろしくねって頭下げるほうが、わたしはいいと思うな。まあ、相手が女子の場合、先払いすれば更にエンジンかかるかもしれないけどさ。でもわたしは楽をした分だけ数字で貢献するわよ。会社が儲かれば、結局はそれがみんなのためになるんだから」

「まさやん、もうちょっとカリカリ入れて」

「え？　ああ、はいはい」

猫相手に、真面目に仕事の話をしてしまった。床に直置きした皿にキャットフードを足し、自分は人間らしく椅子に座って食べる。作っている間に缶ビール一本空けてしまった。もう一本追加。猫はゴリゴリと歯を立てている。

「仕事の話はわからんけどな、色恋の話やったら詳しいで」

「はあ？　あんたなんかに、そんなもん」

「一番あかんのはな、年下の甘えた男や」

「え……なんでよ」思わず手が止まる。「逆でしょう。年下だから、甘えられたら可愛いって思えるんじゃないの」

「年下やから可愛い。そもそも、その考えがまちごうとる。そんなんはな、年齢の後ろめたさを隠すための、女の言い訳や」

グサっと、驚くくらい胸に突き刺さる。固まったわたしに、ヨミチが上目を投げる。

「可愛い可愛い、ゆわれた男はな、そうか、このねえさんは頼られるの好きなんや。頼ってほしいんや。なんか楽やわー、なんでも自由にしてええんやなー、だって俺、年下やもんって、だんだん気い遣うことのできひん男になるんや。男はな、シャッキリしててこそ男や。俺、カッコええねん。俺、頼りになるねん。そういう男のドヤ顔をうまく立ててこそ、女前も上がるっちゅうこっちゃ。可愛いから甘えさす。甘えてくるから可愛がる。これは、よくある女の間違いや」

しばらく唖然としてしまう。

なるほど、と納得しそうになって、我に返った。

「いやいや、猫のあんたになにがわかるのよ」そう言いつつ、興味なさげを装って聞いてみる。「じゃあ、どうすればいいのよ。その……男が甘えてきた場合、女は」

「ドラマとかであるやろう。電車の中で男が女の肩にもたれかかって、寝てるやつ。あれ、どう思う」

「どうって、安心してるなとか、微笑ましいなって思うわよ。純粋にさ」

「アホやな」と、ヨミチはため息をついた。「あれは演技や。もしほんまに男が全体重を肩に乗っけてきてみい。女は重くて仕方ないやろう。すぐに潰れてまうか、しんどいのを我慢するか、肩で突き返すかや。それに男かって、あんなちょっとの支えでぐっすり寝られるわけあらへん。ほんまやったら、みっともなくよだれ垂らして、電車が揺れるたび頭もカクカクなって、全然絵にならん」

「何言ってるのか、さっぱりわかんないんだけど」

「つまりや、可愛く、甘えてるように見えて、ほんまはお互いちゃんとわかってんのが電車寝の真髄や。寝たらあかん。ほんまに寝たらあかんねん。男と女の仲も、そういうこっちゃ。周りから見て、あのアベック自然やなあって思われるような力の入れ具合を考えながら生きていく。それがうまいこといく秘訣や」

皿が空になり、ヨミチは前肢で顔の毛づくろいをしている。

言われたことが、グルグルと頭を回る。丁寧に体を舐めるヨミチを見ていると、理解できそうな気もした。

いや、待てよ。そもそも電車でもたれかかる男女なんて、ドラマでしか見たことないし。こいつ、ドラマの感想言っているだけだよ。

「あのさ、やっぱわかんないんですけど。そもそもなんであんたなんかに、恋愛指南されなきゃならないのよ。あんた、ただの猫じゃん」

「まあ、年下男可愛い説に異論を唱えるおっちゃんの戯言やおもて、心に留めといてくれたらええ。ほかにもこれは違うやろうってのが何個かあるで。おない年って友達みたいに仲良くなれる説。歳が一緒やからゆうて全員友達になれるかい。草食系男子早漏説。あいつら家で一人でコキまくっとるさかい、本番は結構刺激に強い……」

「やめろ、ブタ猫」

「いや、これはマジやねんて。ほかにはパンツとブラジャー同じ色やないとあかん説。ガチガチに揃えられてきた時のプロ感に、意外と男はげんなりする……」

「だまれ、喋んな。猫の分際で、人間様のパンツの色に口挟んでくんな」

そもそも矢代とのことは色恋の話ですらない、単なる部下との飲み会。

猫の戯言なんかに惑わされて馬鹿みたい。パンツとブラの色なんて、もうとっくに揃えてないっつーの。ムカつくから、三本目追加。飲んで、忘れてやる。

毎日三本飲んでいると、金曜日はあっという間にやってきた。ヨミチには帰りが遅くなるからと、朝に少し多めの量の餌を入れてきた。こういう時に、喋れる猫って便利だ。朝の分を全部食べちゃったら自己責任だからと、言い切って出てきてやった。

矢代が連れてきたのは、神木という男の子と、野見山だ。神木は開発部のシステムエンジニアで矢代の同期。四人でちょっといい焼肉屋に入った。まあ、最年長なのだから半分くらいは持つ覚悟だ。

「柴田さんがどんな人か、一回飲んでみたかったんです。矢代が誰かを褒めるって、珍しいんで」

神木は人懐こく言った。神木とは仲がいいみたいで矢代の顔が気取っていない。

「おまえ、変なこと言うなよ。ほんとは柴田主任と二人で来たかったんだからな」

「へえ、そうなんですか」野見山が驚いている。「主任と二人きりなんて、緊張しませんか？　僕だったら何を話していいか、わからないな」

「はいはい。どうせわたしはとうが立ってますよ」

「とうが立ってるって、どういう意味ですか」

野見山は恥ずかしげもなく聞いてくる。無知って、強い。矢代と神木が苦笑いをしている。

「おばさんってことよ。さ、ガンガン飲んで、ガツガツ食べるよ」

「いいですね」と、矢代はいつものように口角を上げた。四人で、会社の悪口で盛り上がる。若い男が三人もいると肉の消費量は相当だ。わたしも健啖(けんたん)だが、途中で肉より酒に切り替えた。焼肉の煙と男の大きな声で、喉と耳が痛い。矢代の高笑いを初めて聞いた。部内の飲み会ではもっと抑えた感じだったのに、えらく楽しそう。

「おまえ、今日はご機嫌だな」と、神木が言った。「こいつ、この前の飲み会ではずっと仏頂面でね。せっかく人事と総務から可愛い子が来てくれたのに」

「あれはおまえが悪い。俺は行きたくないって言ったのに、無理やり呼び出すから」

「えっ、総務って、あのミスコンの子ですか？　いいな。いいな。どうして僕も誘ってくれなかったんですか」普段おとなしめの野見山が、やけに食いつく。

「矢代をご指名だったんだよ。でも確かにあの合コンは失敗だったな。露骨すぎて、周りも引いてたわ。あれからあの子、しょっちゅうおまえのとこに通ってるんだって？」

「通ってない。変な言い方すんな」

矢代は目を伏せた。なるほど、避けたい話題なんだ。神木は少し酔いが回ったのか、喋り方が杜撰（ずさん）になってきた。

「柴田さん、めちゃくちゃ酒強いですね。俺、負けるわ」

「わたし、ザルだから。外回りなんて酒飲めてなんぼよ」

「ザルってなんですか」

また野見山が聞いてきたが、面倒なので誰も答えない。

「いいですねえ、柴田さん。酒は強いし、さっぱりしてるし。女の人で営業のリーダー張れるって、なかなかできないっすよ」

「わたしの場合、女だって思われてないもの。得意先でも扱いが雑でさ。営業の若い女子が一緒ならコーヒーが出てくんのに、わたしだとせいぜいお茶。下手すりゃただの水よ」

「水っすか。酒じゃなくて」

「どうせならお酒のほうがいいよね。わたし、昼間からでも全然いけるし」

「ははは、柴田さんってキャラが濃いっすね。なあ、矢代」

「俺は、可愛いと思うけど」

矢代は薄く笑っている。こいつってば、ほんとに気障なんだから。

「上司を捕まえて、可愛いはないでしょう。矢代君ね、適当に可愛いって言っとけば女が喜ぶと思ってるでしょう。逆に失礼だし。わたしみたいなおばさんにはもう、可愛いとか通用しないんだからね」

「へえ、可愛いは駄目なんですか。じゃあ、なんだったら通用するんですか」

いちいち野見山が聞いてくる。どうでもいいんだから流しておけっての。

神木の中身のない話と野見山の空回りが続いて、わたしもたまにそこに乗っかって、随分と楽しい酒が飲めた。近頃は飲み会も減った。独身の友達も少なくなったし、結婚した子は夜には呼べない。こういう馬鹿騒ぎ、久しぶりだ。

そろそろ時間かって頃だ。神木がだらしなく言った。

「なんだか男同士で飲みに来てるみたいだ。あ、すんません。悪い意味じゃなくて」

「いいよ。最近はおばさんじゃなくて、おっさんって言われるから」

「おっさんですか。性別変わってますよ」と、野見山がいきなり大声で笑った。こいつもかなり酔っている。

「そういうガサツアピールって、どういう意図があるんですか」

矢代の声が、急にいつも通りになった。ちょっと醒めた感じの皮肉な響き。

「どういう意図って、別にないわよ、そんなの。ただほんとにガサツだし」

「女の人が歳をやたらと強調するのも、若く見えるって言わせたいんですかね。やめておいたほうがいいですよ。結構、困るんですよね。実年齢と見た目年齢の差とか、どうだっていいし。実際の歳がすべてでしょう」

ほかの二人が黙る。周りだけが騒がしくなった。

あれ、もしかして矢代、酔ってるのかな。ちょっと頬が赤いけど、端正な顔は崩れていない。

「急に何よ。あ、わかった。本音が出たな。ただの社交辞令だったのに、せっかくの金曜日を潰されたじゃんって？　もしかしてデートの予定があったとか」

茶化してやるが、矢代の醒めた顔は変わらない。

「なんで言葉通りに受け取れないかな。深読みして、自分を落として、自虐ですか。でも周りがそういうこと言わせるんだって、開き直ってませんか。一人で勝手に落ちてるだけなのに」

「ええと」と、ほかの二人に目で問いかける。「これって何？　絡まれてんの、わたし」

「いえ、ただの疑問です。女のサバサバしてるキャラとか、自己申告だと逆に痛いんですよね。判断するのはこっちでしょう。なんか防衛線張られてるみたいで、ムカつくんですよ」

「え、マジでなんなの？　矢代君、なんで切れてるの」

「はは、こいつ、酔っぱらってるな」と、神木がいびつに笑った。野見山さえも気を遣って笑い出す。

　だが矢代は真顔だ。こっちを見ないまでも、怒りが伝わってくる。今までの流れで、矢代が怒る何かがあった？　結構飲んでるはずだから、もしかしたらこれがこいつの酔い方かもしれない。

あ、ヤバイ。これ以上は何を言っても嫌な雰囲気になる。言い返したいけど、ヒステリックになりそう。酔っぱらった女が金切り声でわめく。そんな醜態、晒したくない。ただでさえ、部下の前だ。

「なんか、わたしもちょっと飲みすぎた。トイレ行ってこよ」

そそくさと席を立つ。後ろで、神木が矢代に何か言っているのが聞こえた。

トイレの小さな鏡を見て仰天。顔がテカテカ。化粧もぐちゃぐちゃ。髪の毛や服、全身から焼肉の匂いが漂っている。

「これで泣きわめいたりしたら、哀れの極みだわ」

軽く水で顔を冷やして、頭も冷やす。ヤバイと思った時、涙を止められるようになったのは営業で培った技だ。若い頃、営業先で嫌味を言われて涙目になると、それをさらに馬鹿にされたっけ。これだから女はとか、女は泣けば許してもらえるとか、よく言われた。実際に得したこともある。でも、あざとさは本気の場では通用しない。それも経験してきた。

できれば神木が矢代を宥(なだ)めてくれていますように。そう願いつつトイレから出ると、暗がりの通路で矢代が立っていた。

「わ、びっくりした」

「どうも」と、矢代は拗ねたように不貞腐れている。

「ええと、あ。トイレ？　男子トイレはこの奥だよ」

「いや、その……さっきはすみませんでした」

矢代はそう言って、少し頭を下げた。

予想外の謝罪に驚いたけど、ホッとした。よかった、向こうから謝ってくれて。神木に怒られたのかな。それとも、後輩の野見山の前でカッコ悪いと思ったのかも。なんにせよ、これで週明けも仕事がやりづらくならない。

「ううん、わたしも調子に乗りすぎたよ。こういう飲み会って久しぶりでさ、楽しくて、ついはしゃいじゃった」

笑いかけたけど、矢代は返してこなかった。あれ、なんか距離が近くないかって思ってると、矢代の腕が伸びてきた。わたしの背中が壁に着くと同時に、矢代の手も壁に着く。

「俺はマジで可愛いと思ってるんですけどね、柴田主任のこと」

「あ、そうなんだ。へえ」

あれ、なんか変だぞ。矢代、かなり酔ってるな。

逃げようにも、矢代の腕がとおせんぼしていて、頭を下げてすり抜けるしかない。でもそれには体が近すぎる。こういうのって、なんていうんだっけ。満員電車の密着みたいだけど、ちょっと違う。

顔も近い。矢代がデカい目でじっと見てくるから、こっちは逸らすしかできない。この距離で見返すのは無理だ。

向こうから人の声がした。矢代は素早く離れるとすぐに背を向けた。わたしは茫然としたままだ。全身から焼肉の匂いが漂っていた。


「それ、壁ドンやん！」

ヨミチが小さい目を見開いた。ボロい毛布にうずもれたまま、背中が高く盛り上がっている。

わたしはソファに座り、まだどこかぼんやりとしていた。

「やっぱ、そうよね。壁ドンよね」

「壁ドンする男って、ほんまにおるんや。俺、あんなんテレビとか漫画の中だけやと思てたわ。すごいな。俺の体、見てみいや、ゾッとして毛が逆立ってるわ」

「わたしだって、これってもしかして壁ドンかなって思った時から鳥肌が止まらないわよ。映像ではよく見るけど、実際に自分がされると、あんまり気持ちいいもんじゃないわね」

「痴漢的なもんか？」

「そうじゃないんだけど……やっぱ、距離？　近い、近いよって、そればっかり思っちゃう。会話するには不向きだわ。集中できないもの。だからって黙られても怖いし」

「ぶぶ」と、ヨミチの口元が震えた。ただでさえ妙な作りなのに、顔が歪んでいる。

「やめなよ、笑うの」

「いや、無理やろ。こんなん我慢できひん。ぶぶ」

「だからやめなって」

ヨミチの口元がブルブルしている。そんな変な顔されたら、こっちだってもう。

「ぎゃはははは！」

「わははっははあっは！」

どっちがどっちの声かわからないくらい、わたしとヨミチは大笑いをした。お腹をかかえて、ひっくり返りそうになり、息も絶え絶えに笑って、ようやく収まった。ヨミチはヒーヒー言っている。

「めっちゃわろたわ。ここ数年で、一番おもろかったかもしれへん」

「矢代には悪いけど、涙出ちゃったわ。ぷっ……。でもあいつ、ルックスはいいから、きっと壁ドンも絵になってたと思う」

「なんや、そいつ男前なんか」

「まあまあね。だけど、あの意味不明な発言はちょっと引くね」

飲み会の終盤で、いきなり矢代が切れた話をした。壁ドンしながらのフォローも。ヨミチは耳をピンと立てている。

「ははあ。なるほどな」訳知り口調だ。「俺、わかったわ、そいつの言いたいこと。まさやんは鈍感やなあ」

「なによ、どういうことよ」

「つまりは、俺様至上主義やな」

「はあ？　なにそれ。どういう意味」

「わからんか？　この俺が好きになったったんやから、おまえはそのままでかまへんってことや。俺様が可愛いゆうてんのやから、ニコニコ笑って喜んどけと。そういうことやな」

ヨミチがふふんと鼻を鳴らした。

なるほど、そういうことか。まだ少し酔いが残っていて思考が鈍い。しばらくヨミチの言葉を嚙み砕いていると、じわじわ苛立ってきた。

「え、すっごい上からなんですけど。ムカつくんですけど」

「そや。かなりの上から目線やな。でも男なんてそんなもんや。歳が下やからゆうて舐めてたらあかんで。その壁ドン男、まさやんに袖にされて腹立ったんやろう。次から本気で落としにくるで」

「ちょっと待ってよ。じゃあ、何？　あっさりなびかなかったわたしが悪いってての？　まるで夜店の的当てじゃない。落ちるまで狙うってての？」

「逃げたら追う。それが男や。でもちょっとあれやな。なんか違う匂いも……」

ヨミチは毛布から出ると、わたしの足元をグルグルと回った。ブタのように空向いた鼻がヒクヒクしている。

「あかん。焼肉の匂いがきつすぎて、わからんわ」

「矢代がナルシストだってのはわかってたけど、そこまでとは。どうしよう。会社行くのやだな」

「かまへんやん。ほかに義理立てする男もおらんのやし。それとも、まだ圭一のことちょっとは好きなんか」

「はあ？ そんなわけないでしょう。圭一なんて、急に出て行っちゃったのよ。楽な暮らししてたくせに」

今思うと、同じ年下でも矢代と圭一は正反対だ。仕事ができて強気な矢代と、フラフラしていて優しい圭一。

矢代の気持ちもよくわからないが、圭一の気持ちもわからなかった。確か歌で世界を変えるんだとか、そんな夢みたいなこと言って出て行った。チームリーダーになって、仕事が楽しくなりだした頃だ。めちゃくちゃ忙しかったけど、圭一との暮らしだって大事にしてた。自分に自信があったから、寄りかかられても平気だった。

それなのに、あいつは出て行った。あっさりと。

「そらしゃあないわ。圭一はいっこのとこに落ち着かれへんやつや。猫に恩義感じろいうても無理なんと一緒や」

「何言ってんのよ。猫と人間は違うっての。そうだ、思い出した。圭一に電話してやる。あんたを迎えに来いってね」

「おいおい、今、何時や思てんねん」

「知るか」午前一時。もちろん電話に出るなんて思ってない。なのに、ワンコールで繋がった。酔いが醒める。

「あの、圭一？　えっとまさきだけど」

返事がない。でも人の気配がする。じっと聞き耳を立てている感じ。

「あのさ、猫。ヨミチだけど、そろそろ引き取りにきてくれないかな。わたしも仕事あるし、困るっていうか」

「圭一君は、いません。ご用件は伝えておきます」

若い女の声だ。感情はないけど不快さが伝わってくる。電話が切られた。

わたしはヨミチを見た。

「女が出て、切られた」

「圭一の今カノやろ」

「今カノ？　えっ、あいつ、彼女がいるの？」

「そらそうや。圭一、モテるからな。俺もあいつに拾われてまだ二年くらいやけど、女切れたことないで。まあ、ああいうやつやさかい、長続きせんけど」

「ちょっと待って。今カノがいて、わたしと別れた後も彼女が何人かいたなら、なんであんたの預け先がわたしなの？　ほかにもあるでしょう、預かってくれる先が」

電話の冷ややかな声が忘れられない。電話越しに軽蔑されているような、そんな感じだ。

「もしかして、散々たらい回しにされて、最終的にここに来たの？　あんた、ブサイクだから」

「ブサイク関係あらへん。圭一は、まっすぐここへ来たで」

「なんでよ」

「さあな。圭一に直接聞いたらええがな。もう俺、寝るわ。まさやん、はよ風呂入りや。めっちゃめちゃ臭いで」

ヨミチはしなやかな足取りで毛布へと沈む。そして大あくびをすると、丸くなった。


週明け、矢代は何事もなかったかのように平然と挨拶をしてきた。悔しいけど、こっちはちょっと顔が引きつっていた。あの至近距離を思い出すと気まずい。矢代のほうはなんとも思っていないようだ。

やっぱり、からかわれているのだろうか。

「夜店の的当てか」

つい独り言が零れる。後ろの席にいる安奈に聞かれたようだ。

「夜店?」

「あ、じゃなくて……ヨミチ。前に話した元カレの猫。ヨミチって名前なの。夜の道で拾ったらしくって」

「へえ、変わった名前。黒猫なんですか?」

「きったない灰色。使い古した雑巾みたいに、所々茶色と白が混じってんの。何を拭いたらこんな色になるんだって、そんな感じ」

「すごい言い方ですね。なんだか憎しみすら感じます。元カレのものだと、猫ですら憎たらしいんだ」

憎いってほどでは。そう言いかけてやめた。憎くはないけど、可愛いってのも違う。たまたま飲み屋で隣り合わせになって、馴染んできた関西弁のオッサンって感じ。

「元カレの猫?」矢代は後ろを通りすがると、妙にゆっくりと自席に座った。

「預かってる猫って、玉川課長の猫なんですか」

「玉川? やだ、違うわよ」

うんざりして、わたしは椅子にのけ反った。安奈は意味深に笑い、矢代は自席からじっとこっちを見ている。

外に出て数字取りに行けよ、と言いたい。でも二人とも戻ってきたばかりだ。しかもこのあと、矢代と一緒に野見山の案件進捗を詰める予定だ。当の野見山の戻りが遅れている。

「まったく、玉川のことはちょっとした若気の至りよ。あの頃、単に困りごととか愚痴を共有できるのがあいつしかいなかったっていうだけ。迂闊に社内恋愛なんてするもんじゃないわね。いつまでもネタにされちゃう。あんたらも気を付けなさいよ。同僚と付き合うなら」

ふと、目力に吸い寄せられた。矢代と目が合う。

「……付き合うなら、徹底的に内緒にするか、終わらせないように努力しなさい」

限界。目を逸らす。汗がじんわり滲む。

安奈はふうんと頬杖をついた。

「終わらせない努力か。それって結構重いですよね。最初から真剣にってことでしょう。軽い気持ちで始められないんじゃ、なかなか彼氏なんてできないし、恋愛を楽しめないですよね」

「はは、そうよね。楽しめないね」

自分の笑いが不自然だ。そうだよ、わたしと恋愛なんかしても、全然楽しくないから。

矢代はまだこっちを凝視している。もう、見ないでよ、矢代。的に当てるのに必死になりすぎて、落としたあとのことなんて考えてないんでしょう。その景品、ほんとに欲しいの？　冷静になって考えてみなよ。捨てるくらいなら、やめようよ。

「お疲れ様です、矢代さん」

甘ったるい声がして、また総務部のミスなにがしさんが近寄ってきた。今日は淡いピンクの服。矢代の肩に手を置いて、親しげに話しかけている。

なぜか、見るのが嫌で顔を背けた。別にいいんだけどね。若い女の子のボディタッチ。男はみんな、喜ぶでしょう。

野見山が帰ってきた。矢代にへばりついているミスなにがしを見て、高揚している。

安奈が呆れてこっそり言った。

「野見山のやつ、仕事はできないくせに、人前で堂々と合コン誘ってる。しかも先輩の矢代を餌にして。割と草食系じゃないんだ」

「あれくらい軽いノリじゃなきゃ、恋愛は始まらないってことね」

「少しは見習ってください、先輩」と、安奈はわたしの背中をポンと叩いた。この子の後押し、可愛いんだよね。安奈もネコ科かな。ゴージャスな血統書付き猫って感じ。フッと顔がほころぶ。

もたつく野見山を置いて、打ち合わせのためにミーティング室へ移動する。後ろに矢代がいるせいで足が速まる。

「癒し」

「え?」足が止まった。矢代が隣に並ぶ。

「癒されるでしょう、猫がいる生活」

「ああ、猫? うーん」首をひねって、ヨミチのことを思う。「どうかな。うちのは、癒しとはほど遠いから」

「膝の上に乗ってきたり、頭をスリスリしてきたりしません?」

ヨミチがそんなことするなんて、飲み屋で酔っぱらいのオッサンがスリスリしてくるのに近い。考えただけでゾッとする。

「ない、ない。そんな猫らしいことしないよ。あいつはほとんど化け猫だもん」

「また化け猫って言ってる」

「それがほんとなのよ。妖怪じみてるの。人の気持ちとかわかるし、言葉も」

言いかけて、慌てた。猫が人間の言葉を喋るなんて言ったら、こっちの正気を疑われる。

「ああ、わかりますよ。猫って、心が読めてるんじゃないかなって思う時がありますからね。でも、そのうえで気まぐれなんですよね。こっちは構ってほしいのに、そういう時に限ってプイってされて。翻弄されますよね」

そういう普通の猫ならよかったんだけど。曖昧に笑うと、矢代も笑いを返してきた。

「写真とかないんですか?」

「ヨミチの? ないない。あんなブサイク、画像に残せないよ。スマホが壊れる」

「猫に対してこんなドSの人、初めてですよ。でもそんなにブサイクなら、かえって見てみたいな。写真撮ってきてくださいよ」

「マジで? スマホぶっ壊れたら、どうすんのよ」

「そしたら新しいの買って弁償しますよ」

軽いやり取りが楽しい。意識せずに話すと、矢代は心地よい相手だ。矢代もわたしが変にかわすから追っかけるのかも。急にひらめいた。これって猫だ。猫じゃらしを追いかけずにはいられない、猫の精神だ。

「いいよ。写真撮ってくる。矢代君に転送しまくって、そっちのスマホぶっ壊すから」

「やった」と、抑え気味の低い声。

廊下の先に玉川の姿が見えた。

「玉川、じゃなくて玉川課長」

「いいよ。どっちでも。よう、矢代。B社のコンペ、おまえ主導でやってくれるんだってな」

「メインは野見山です。俺はサブで」

「よしよし」と、玉川は矢代の肩を叩いた。「そうやって若手のやる気を育てようってのが、おまえのいいところだ。上になると、メンバーの数字にも責任を持たなきゃならない。なあ、柴田主任」

「どうせわたしは名ばかりの主任ですよ。いつも矢代君に助けられてます」

「その矢代をやる気にさせるあたりが、おまえの腕の良さだ。今度、焼肉おごってやるよ」

玉川は笑いながら、行ってしまった。矢代はその後ろ姿を見ている。

「玉川課長って、人を褒めるのが上手ですよね。乗せ上手っていうか」

「そうね。あいつはいつも、人のいいところを探すから。プラス思考。で、ちょっと天然」

「柴田主任も、かなりの天然だと思いますけどね」

「え、矢代君までやめてよ。天然ってバカってことじゃん」

矢代を睨む。すると矢代は真顔で言った。

「今、褒めてるようにみせかけて、玉川課長の悪口言いましたね」

そう？　と濁して話題を変える。

「矢代君って、玉川とよく絡んでるよね。一緒に仕事したことあったっけ？」

「玉川課長の営業先に、何度か同行したことがあるんですよ。俺を第二営業部に引き入れたのも、玉川課長ですから」

「そっか。まあ王道コースに乗ってるからね、玉川は。悔しいけどわたしよりもあいつの背中を追ったほうが、出世はできるかもね」

「俺、出世とか興味ありませんから。でも確かに仕事はできますよね。人はいいけど、結構な自信家だし」

「そうかな。本人は運がいいだけだって言ってるけど」

「男はみんな、自信家ですよ」

矢代が口の端を少し上げる。目線はまだ、玉川の背中に向けられていた。


「ブッサ。これもブッサイ」

何度も言ってしまう。

「これもブサイク。どうしようもないよ。どの角度も駄目。そもそも、可愛いっていう文字があんたの中に存在しないんだもんね」

それでも、もう一度スマホのボタンを押す。普通の猫と違うのは、じっとしていろと言えば、じっとしているところ。ブレたり、ぼやけたりしない。

「うわ、ひどい。尚更ひどいわ」

「まさやん。俺かてな、ちょっとは傷付くんやで」

ヨミチはムスっとしている。表情はいつもと同じでも、声の調子でだいたいの機嫌がわかるようになってきた。

「ああ、ごめん。だってさ、どうせ見せるならちょっとはマシなのって思うじゃん。仮の飼い主としてはさ」

「誰に見せるんや」

「矢代」

「壁ドンか」

「うん。前もってあんたのブサイクさは伝えてあるから、期待はしてないはずだけどね。矢代も昔、猫飼ってたんだって。だから興味があるみたい」

「ふうん。写真見せるのはええけど、俺、今日はヒゲがちょっとクシャクシャってなってしもてるさかい、いつもより写りが悪いかもしれへんわ」

「大丈夫。問題はそこじゃないから」

もう何十枚もヨミチの写真をスマホで撮った。顔のアップ。ブタ鼻。全体。横から、前から。画像は実物そのままのはずなのに、目で見るブサイクさと、写真のブサイクさは少し違う。写真には、ブサイクさの中にある極小の愛嬌までは写らない。

ヨミチはのっそり起き上がると、わたしの匂いを嗅ぎだした。

「チャレンジや。チャレンジする男の匂いや」

「なにそれ。チャレンジってどんな匂いよ」

「まさやん、また矢代に牽制するようなことゆうたんと違うか」

「ええ？　どうだろう」何度スマホを見ても、げんなりするだけ。結論、全部ブサイク。「言ったような気もするし、言ってないような気もするし。わかんないよ。でももう面倒臭いから、普通にするよ。写真が見たいって言えば見せるし、飲みに行こうって言えば、飲みにも行く。だって単なる同僚。あいつはできる部下だもん。うまくやっていきたいしね」

「へえ。余裕やんけ」

「だって、よく考えてみれば別に好きとか付き合ってとか言われたわけじゃないもん。壁ドンは酔ってただけかもしれないし、可愛いってのも、まあ、可愛かったんでしょうよ。わたしが。だから素直に、おおきにゆうとくわ」

イントネーションのおかしな関西弁になった。ヨミチが目を細める。

「嫌やわ、関西弁の真似し。サブいぼ出るわ」

「やかましい。とにかく次の編成まではうまくやっていきたいの。今のチームの中でも、矢代は三年目だもん。そろそろ異動になってもおかしくないからね」

「異動って、転勤か」

「あんた、猫のくせによく知ってるわね。部署異動か配置換えか、半期ごとに人事が動くからね。わたしだってどうなるかわかんないわよ。転勤になったら、このマンションだって引っ越ししなきゃいけない。そうなったら、あんたは連れていけないからね」

「なんでやねん。猫こうてええ物件なんて、いくらでもあるちゅうねん。俺はそんじょそこらの猫とは違うからな。騙くらかそう思ても、そうはいかんで」

「ブサイクな上に、小憎たらしい。圭一もあんたと暮らすの、大変だったでしょうね」

言ったあとで、気が付いた。そうか、圭一もこんなふうに、ヨミチと暮らしていたんだ。

「ねえ、ヨミチ。あんたって圭一の前でも喋ってたの？　圭一の彼女の前でも？」

「俺はいつも自由や。相手が年下とか、そんなんは気にせえへん」

「そうじゃなくてさ」

喋る猫。こいつ、今までどれだけの人間を渡り歩いてきたのだろう。時々、飲み屋の亭主か、オカマバーのママかよっていうくらい世慣れたことを言う。特に男女問題にやたらと詳しい。

「あんたってさ」

急に思いついた。

「もしかして、不老不死とかなの」

「アホか」ヨミチがブタ鼻を鳴らした。「びっくりして、今、ブウ言うてしもたやないか」

「あ、わかった」また思いついた。「猫って、長生きすると尻尾が割れて、妖怪みたいになるって聞いたことがあるわ。あんた、それでしょう」

「俺の尻尾のどこが割れてんねん」

ヨミチはゆっくりと回り込むと、尻と尻尾を向けた。毛足の長い尻尾を左右に揺らしている。後ろから見るシルエットは、そう悪くない。

「ほら、よう見てみいや」

尻尾の先っぽが鉤状に曲がっていて、ちょっと可愛らしい。誘うような動きに、顔を近づけた。猫の尻尾を間近で見るのは初めてで、もう少し、と顔を寄せる。

スカっと空気音がした。次の瞬間、鼻がもげるような激臭。

「クッ、クサッ！」

「ぎゃはは。屁、したった」

「このアホ猫！」

摑みかかろうとすれば、ヨミチはひらりとかわした。頭にきて、部屋中を追いかけ回すが、素早くて捕まえられない。バタバタ走り回っていると、下の階から
「うるさい！」と怒鳴り声がした。

「バカ猫。あんたのせいで怒られたじゃないの」歯ぎしりして声を殺す。「全然、癒しなんかじゃない。猫なんか全然癒されない」

「ヒッヒッヒ」ヨミチがモゴモゴと口元で笑う。「どうや、俺の尻、めっちゃえ

えやろ」

「アホか。何が尻だ。尻なんかどうでもいいのよ」

「尻は大事やで。まさやんも気いついたら俺の尻に目がいってまうやろう。猫も人間もな、顔とか胸とか、そういうわかりやすい部分は長いこと見られへんのや。いやらしいからな。でも後ろ姿っちゅうのは思う存分見られる。特に尻や。ええ尻っちゅうのは、どんだけ見てても飽きひん。ええ尻の、キュッと上がってプリっとしたあの感じ。なんか、ため息でるわ」

「何を基準に生きてんのよ、あんたは」

つい、自分の尻のラインを手で確認してしまう。悪くはないが、そこまでキュッと上がってプリっとはしていない。すぐに思いつくいい尻は、安奈だ。確か彼女の尻はなかなかよかった。

いやいや、なんで尻のことを考えているのか。頭を振って追い払う。

追いかけ回したせいで部屋はぐちゃぐちゃだ。もしかしたら喋らなくても、猫がいる生活ってこんなふうかもしれない。ため息をつくと、ヨミチがいやらしく言った。

「ええ尻っちゅうのはな、たとえ屁をかまされる危険があっても近くで見たくなるもんや。その価値があるんや」

「黙れ、屁コキ猫。もしまた顔面に屁かましたら、お返しにあんたの毛布に思いっきり屁してやるからね」

「うおお……。なんちゅうマニアックなお仕置きや」

ヨミチは毛を逆立て、猫らしく肩を縮めている。あ、このポーズ、写真に撮りたい。でもやめた。どうせブサイクだ。ブサイクの中にある僅かな愛嬌は、流れ星みたいに一瞬。こうして目で見るからこそ、光るのだろう。


翌日会社でヨミチの写真を見せると、安奈は目を剝いた。

「これはちょっと、想像以上かも」

「でしょう」

なんだか勝った気分だ。転送してくれと頼まれたので、とっておきのブサイク写真を送ってやった。

「これ見てると、元気が出てきました。頑張ろうっていうか、頑張ろうっていうか」

「なんで二回言うのよ。でもわかるわ。こんなブサ猫でも一生懸命生きてるんだから、わたしたちも、頑張らなきゃね」

「ええ。私、今からW商事の嫌な担当と、納品先の確認に行かなきゃいけないんですけど、まさきさんの猫ちゃんを思うと笑顔になれそうです。だってもうすでに顔がにやけてますから」

「嬉しいわ、うちのが役に立って」

噴き出しそうなのを我慢して、安奈を送り出す。もしかしたら、これもヨミチの妖術かもしれないと、ニヤニヤしながらパソコンに向かう。今月は忙しかった。もうすぐ、S社へのシステム導入が開始される。ウェブ会議だけでも何十時間も取られ、実際に現場へも出向き、膝詰めで打ち合わせをした。機器の搬入は明日からだ。昨日も業者へ確認した。抜け漏れはなし。

それでも、どんなに確認してもまさかってことが稀(まれ)に起きる。念のためにもう一度確認しておこうと、S社の資料がすべて入ったフォルダをクリックした。空だ。

「あれ、間違った」と、もう一度ネットワークから格納先へ入り直す。S社と名前の付いたフォルダを開ける。空だ。

　夢？

「うん、間違ったね」と、もう一度同じことをして、さらにまた同じことをしてみた。

「嘘でしょう。こんなこと、あり得ない。なんで、どうして」

わたしの様子がおかしかったのか、矢代が向かいの席から声をかけた。

「どうしたんですか、柴田主任。なんていうか、顔が」

「ね、ねえ、矢代君。たぶん、わたしの間違いだと思うんだけどさ、S社の資料、探してくれないかな」

「顧客ごとのフォルダに格納されてるはずでしょう」と、矢代は自分のパソコンで検索したが、すぐに顔付きを変えた。

「ない。空っぽだ」

「やっぱりそうだよね。どういうことだと思う？　どっか、違うところに保存しちゃったんだよね。きっとそうだよね」

冷や汗で、全身がびっしょり。手の感覚がなくなってきた。
そうに決まっている。でないと、明日のS社への搬入時、なんの資料もないま
ま立ち会わなければいけなくなる。だがどこを探しても、S社の資料は見当たら
ない。
「どうしてないのよ。昨日、業者に電話しながら見たから、夜の八時くらいには
絶対あったのよ。見積書も構成図も、部材の写真も、システムのコンフィグも全
部」
「主任、落ち着いてください」
矢代も顔を強張らせているが、わたしよりはずっと冷静だ。じっとパソコンを
睨んでいる。
「共有のサーバへアクセスするには権限が必要だから、他部署の人間が削除や上
書きすることはできない。更にこの階層にはうちのチームの情報しか保存されて
いない。だとすると、こんなことをするのは」
ほとんど同時に、振り返る。野見山は自分のデスクでスマホをさわっている。
矢代はいつものように悠然と話しかけた。

「なあ、野見山。おまえ午前中にB社のコンペ用の資料作成してたよな。あの時、データがどうのって言ってなかったっけ」

「はい。容量が大きすぎて保存できなかったんですけど、もう大丈夫です。不要なものを消しましたから」

不要。不要。

頭がガンガンしてきた。木槌で打たれているみたいだ。矢代がチラっと目配せしてくる。大丈夫。叫んだり、卒倒したりは、あとにします。

「それって、チームの共有フォルダの、どれを消したか覚えてるか？」

すると野見山は少し警戒したようだ。

「自分の顧客の古い資料を消しましたよ。ほかの人のやつをさわったりなんか」

野見山はパソコンに向くと、カチカチとマウスを操作した。「あれ」と小さく言う。

「おかしいな。S工務店のフォルダを空にしたつもりなんだけど。削除したら随分と容量が空いたから、ラッキーって思って」

「でしょうね」怒りで体が熱くなり、頰が痙攣（けいれん）した。「半年かけて作った資料が、てんこ盛りに入ってたからね。明日からのS社のシステムに関わるすべてが、あそこに」

野見山はきょとんとしている。

怒鳴っても、騒いでも、今は意味がない。怒るのはあとだ。

でも許せない。握った拳がブルブルと震える。耳元に、フッと息がかかった。

「柴田主任、大丈夫ですよ。サーバのデータは自動でバックアップされていますから、復元できますよ」

顔を上げると、すぐそこに矢代がいる。こないだの壁ドンよりも近い距離だ。

「落ち着いてください。うちの共有サーバは休日にフルバックアップが掛かって、そこから毎日増えた分だけ保存されていきます。システム部に連絡すれば、元の状態に戻してもらえます」

呆けるわたしに矢代が微笑みかけた。すごい破壊力。

「そ、そうね」主任として、見惚れているわけにはいかない。わたしは両手で強めに頬を叩いた。

そうだ。慌てることはない。データの上書きや削除なんて、よくあることだ。

パソコンやサーバは一定期間ならある程度まで復旧ができる。

「すぐにシステム部に連絡するわ」

「いや、野見山にやらせますよ。あいつのせいなんだから。おい、野見山、こっち来い」

矢代の声の厳しさに野見山が肩をビクつかせる。叱られるとわかり、俯き加減にやってくる。野見山のことなど今はどうでもいい。復旧の手配は矢代に任せ、自分のパソコンに向かって明日の納品手順を整理する。

「柴田主任。今からシステム部でリカバリしてくれるそうです。でもバックアップのタイミングによっては、戻せないファイルもあるかもしれないって」矢代が言った。

「だよね。業者の手配は全部済んでいるからいいとして、S社への搬入立ち会いの時、手元に最新の資料が必要なの。導入部材のリストと実物の写真は絶対ね。S社の資材担当者はすごく細かいの。予定品と受け入れ品のチェックをその場で厳重にしないと、クレームになるわ」

「リストは野見山に作り直させますよ。おい、野見山、ほかの資料のチェックも、全部おまえがしろよ」

「えー」と、野見山は不服そうだ。こいつにやらせるより、ヨミチにやらせたほうがマシかもしれない。もし肉球でキーボードが打てるなら、猫のほうが使い物になる。

「データの復旧、まだかしら。もし戻せない資料があるなら、今から大急ぎで取り寄せないと」

「みんなで手分けすれば間に合いますよ。焦ったけど、こういうことがあるからデータ保護は重要だって、よそにバックアップソフトを提案する時のネタになりましたね」

矢代の軽口に、ちょっとだけ頬が緩んだ。

「全然、焦ってないじゃん。そわそわしてるの、わたしだけだし」

「顔に出ないだけですよ。俺のデータまで消されたんじゃないかって、内心ヒヤッとしましたよ」

バックアップのお陰でデータはほぼ復元できたが、いくつか搬入予定の部材の写真だけは、戻せなかった。S社の要望と予算金額に見合う商材を、わたしが直接業者に出向いて、見つけてきた物だ。パソコンに保存したからと、デジカメのデータを消したことが悔やまれる。

「俺はG工業と、T建材を回ります。柴田主任はこっちの商社へ行ってください」

矢代がデジカメとリストを持って出ようとしたので、引き留めた。

「待って。逆にしましょう。T建材って、ちょっと社長が面倒臭い人なの。話も長いし、機嫌損ねると、損得勘定抜きで仕事断るような人だから」

「知ってます。俺も機材の仕入れに使ったことありますから。でも俺は割と気に入られてるんで、適当に話合わせますよ」

「あら、わたしだって気に入られてるわよ。社長と飲みに行ったこともあるんだから」

「張り合う人だなあ」ややこしい業者の取り合いは、矢代が折れた。「騒ぐと足元見られますよ。堂々としていましょう」

「ありがとう。本気で助かる」

「じゃあ、あとで」

気障っぽく、矢代は颯爽と先へ行った。こいつでも慌てることってあるのかな。助けてもらっているのに、ちょっと癪に障る。そういえばまだヨミチの写真を見せていない。あとで見せて、笑わせてやる。

G工業では、一階に展示してある資材だけで用件が片付いた。デジカメに収めると、すぐにT建材へ向かう。強面で脂の乗った中高年の社長が出迎えてくれた。

「どうも。柴田さん、今日もまたS社への納品チェックかい。昨日も電話で確認したのに」

「すいません、社長。先方の受け入れ管理が厳しいので、最新の状態の写真をもう一度いただきたくて」

「ふうん。こないだあんたが散々撮っていった写真と、まったく同じ物が入るんだけどね。寸分の狂いもなく」

「ええ、もちろん。仕様に変更がないことは重々承知しています。ただの現物確認です。写真を撮ったら、すぐに帰ります」

「まあそう言わずに、うちの新しい電子パネルを見てってよ。反射率が前よりも低くて文字がクリアなんだよ。次のS社の拠点には、これでもいいんじゃないかな。ただちょっとね」

「あら、お値段ですか。S社様にはうちもかなり泣かされていますんで、どうでしょう」

焦るな。笑え。愛想笑いで頬が痛い。

長話の一瞬の切れ間を狙って、なんとかわたしは倉庫にまでこぎつけた。中には明日搬入予定の資材が積まれている。焦りを隠して写真を撮った。あとはS社仕様の特注電子パネルだけだ。

「社長、特注パネルはどちらに？」

「ああ、あれは今日の夜に納入されるよ」

「え？　でも先日、写真を撮らせてもらいましたよね。その一枚だけでいいので見せていただけますか」

「あれは試作品で、もう工場に送り返したよ。大丈夫、完璧に同じ物が入るから」

硬直したわたしを不審に思ったのか、社長の目付きが変わった。

「納品物の完成度合いを疑ってるのか？　量産工程で手抜きしてるとでも？」

「まさか！　とんでもありません」

声がひっくり返った。焦りと動揺でうまい説明が浮かばない。何か言い訳を――。いや、そうじゃない。嘘をつけば辻褄が合わなくて余計に疑われる。こういう時にどうするか、決めていたはずだ。

「申し訳ございません。実は先日撮ったデジカメのデータを消してしまったんです。S社様にはすでにお渡ししていますが、明日の納品時、わたしのほうでも現物の確認をしたくて写真の撮り直しをお願いに参りました」

「なんだ。そんなことか」社長は少し不愉快そうだ。「でもまさか、情報の漏洩じゃないだろうね」

「それはございません。わたしのミスで、写真のデータを消去してしまいました」

誠意を込めて何度も頭を下げると、社長は鼻息を荒く投げつけた。

「まあ、S社は金にも条件にもうるさいからな。あんたはこまめに連絡を取ってうまく橋渡ししてるよ。女の割には仕事ぶりは悪くない。でもあのパネルは手元にないよ。今夜の十時か、もっと遅くでないと入らんよ。工場からトラックで運んでくるから、どうしようもない」

「じゃあ、わたし、ここで待たせてもらいます」

「しかし、深夜になるかもしれんぞ」

「平気です。倉庫の隅っこか、なんなら会社の前で待ってます」

「ううん」と社長は険しい顔で唸(うな)って、すぐに笑った。「じゃあ、それまで飲んで待つか。近くに行きつけの飲み屋がある。ああ、そうだ。前に行ったことあったな。あんた、男顔負けの呑み助だったね」

「いいですね。お酒があれば、何時間でも……」

「僕がお供します」

フワっと風が来たと思ったら、すぐそばに矢代がいた。肩で息をしている。

「どうも、社長。Cカンパニーの件では無理な納期を聞いていただいて、ありがとうございました」

「おお、矢代君か。どうした。いつもの男前が乱れてるぞ」

走ってきたのか、矢代の髪はクシャクシャだ。少し照れくさそうに手櫛で整えると、汗の匂いがした。ぽかんとするわたしに、柔らかく笑いかける。

「柴田主任。明日、S社に残り酒で行くつもりですか？　出禁になりますよ」

「おっと、そりゃいかんな。柴田さんにはまだまだ仕事を取ってきてもらわんと」

「S社の癖は誰よりも柴田が把握してます。次の受注も、T建材様にお願いできるように頑張りますよ。ねえ、主任」

「え？　そ、そうね。もちろんです。次のセキュリティ設備には新しい電子パネルを提案できるよう、頑張ります」

破壊力絶大の笑みに、我に返らされた。矢代は社長と楽しそうに話をしている。駆けつけてくれたんだ。胸に熱いものが込みあげてくる。ヤバイ、泣きそう。

そのあと一旦二人で会社に戻った。双方のデジカメデータをプリントアウトして、明日の準備はもう一歩だ。

「よし、これであとは特注パネルの写真だけだわ」

書類を均（なら）して、大きく息を吐いた。ほかの社員はすでに帰宅し、フロアにはわたしと矢代だけだ。野見山からは、謝りのメールが届いていた。矢代は呆れている。

「悪気ないミスだとしても、ちゃんと確認すれば防げたことです。あいつ、あとでぶっ飛ばしておきますよ」

「メンタル潰さない程度にね。最近の若い子はすぐに精神的云々で来なくなるから」

「大丈夫。あいつは図太いですよ」

矢代がまたT建材に出かけるので、エレベーターの入り口まで付いていく。見送るなんて、新鮮な気分だ。

「写真撮ったら、すぐにデータを送ります。プリントアウトは明日の朝イチでも間に合いますから、今日は休んでください。会社に泊まり込んで、フラフラの状態で立ち会いとか行かないでくださいよ」

「わかってる。もうそんな無理がきく歳じゃないから」

言ったあとで、しまったと口を塞いだ。

「また、可愛くないことを言いました。自虐はやめます」

「柴田主任が逞(たくま)しいことはわかってます。ただ、幾つだろうと、女性にはさせられないことがあるってだけです」

気障っぽい唇の角度。普通、言えないよ、こういうこと。

急に肩の力が抜ける。女で得して、女で損して。若さで許されて、若さで侮られて。

さっきの自分、なかったことにもできるけど。

「わたし、さっきT建材でね、ほんとはデジカメのデータを消したこと誤魔化そうかなって思ったの。笑って、冗談言って、なんなら泣いてみせようかなって。女ってさ、それが通用する時があるのよね。でもチームを任された時に、そういう狡(ずる)いのはやめようって決めたの。だっていずれは使えなくなるでしょう。それなのに、ピンチになると揺らいじゃった」

「実際にはきちんと社長に頭を下げていたじゃないですか。それに俺に言わせれば、泣いて落とすのも、飲んで落とすのも似たようなもんですけどね。柴田主任、真面目だな」

「今日は本当にありがとう。矢代君がいなかったら、乗り切れなかった」

心からそう思った。深く、しっかりと頭を下げる。

顔を上げると、すぐそこに矢代がいた。長いまつ毛が触れそうなくらいの距離。

反射神経が災いした。唇が届く前に、大きく後ろへ下がってしまう。矢代は驚いていたが、すぐに不機嫌そうに目を眇めた。

わたしは焦った。避けたのも失敗だったが、受けるのもまずいでしょう。

「ちょっと待って。今のは反則だよ。ここ、会社だよ」

「なるほど。徹底的に内緒にするか、終わらせないように努力するか、でしたっけ。内緒は無理っぽいな。重いけど仕方ない」

「矢代君、聞いてる？　会社はまずいって」

「告るのって結構、恥ずかしいな。何年ぶりだろ、ちゃんとした告白なんて」

「ねえ、矢代君、わたしの話、聞いてる？」

「付き合ってくれますよね」

素気無く、でも命令口調。自信満々の矢代の目付きに、啞然とする。矢代はニヤリと口角を上げた。

「俺、今から深夜まで社長と飲み歩いてきますから。柴田主任の代わりに。その見返りに、付き合ってもらいますからね」

そう言って、矢代はいつものように颯爽と出て行った。

「チュ、チュ、チューしたんか」

ヨミチは顔いっぱいにヒゲを広げ、口を尖らせた。

「してない」

ソファに深く沈み、虚ろに答える。矢代とのニアミス、思い出すとぼうっとしてしまう。あとになって、なんで避けちゃったんだろうと何度も後悔をした。社内キスなんて本来は絶対にしちゃ駄目だけど、この歳であんなドラマみたいな出来事はそうそうにない。

「チュ、チュ、チューされたんか」

「だからされてないって。っていうか、その言い方やめろ」

クッションを摑んで投げるが、あさってのほうへ飛んでいく。こっちだって混乱している。怒濤の展開を、どう捉えていいかわからない。

「あいつって、わたしのこと好きだったのかな」

「まあ、チューするくらいやから、憎くは思っとらへんやろ。しかし、大人の恋は話が早いわ。パッとやって、チュっとやって」

「パッともチュッともしてない。あいつはちゃんと手順踏んでくれたの。そこんとこは、感謝かな」

「そらそうやろう。ジャブ打って、壁ドンして、カッコよく助けにきたのに、最後にがっついたら台無しや。しかしそいつ、なかなかわかっとるな。積極的なんと、強引なんはちゃう。俺の若い時の手管と一緒や。雌のケツを見失わんように追っかけつつ、うまく回り込んでガバっと……」

「でも、いつから？」

ソファから降り、毛布に包(くる)まるヨミチの前で膝をかかえた。

「だって、同じチームに配属されてもう三年だよ。飲み会とか歓送迎会とか、何度も隣り合ったけど、そういう雰囲気になったことなんか一度もない。いったい、なにがきっかけで、あいつはわたしに惚れたわけ？」

「きっかけなんて、なんでもええがな。そんな堅苦しく考えなさんな。縁は異なもの味なものいうてな、どこでどうなるかわからへんのや」

「あんたはどっかの住職か。ねえ、ヨミチ。あんた、わたしの周りの人の気持ちがわかるんでしょう。矢代君が何考えてるか、嗅ぎ取ってよ」

尻歩きですり寄ると、ヨミチは迷惑そうにツンとブタ鼻を反らした。

「チッ、しゃあないな。まあ、まさやんには世話になってるさかいな」

ヨミチは座ったまま、上向いた鼻をヒクヒクとさせた。どんな匂いがわたしに沁みついているのか期待してしまう。

「あかん」

「え？」

「匂いが薄いねん。もっと密着せんとあかん。もっと、もっと絡み合うような熱いチュ、チュ、チューを」

「アホ。もうええわ」

猫に頼ったわたしが馬鹿だった。矢代の本気度合いがわかれば、もう少し素直になれるような気がするのに。年下の部下との社内恋愛。踏み出すには、勇気が必要だ。

「引っかかってんのは、そこか？」

ヨミチが睨むように見つめている。じっと見透かすような目だ。

「な、何よ。そこかって、どういうことよ」

「歳とか、きっかけとか、相手の気持ちとか、そんなん大事か？　そんなん全部向こうのことで、まさやんには関係あらへんやん。まさやんは相手のことがわかってからでないと、自分の気持ちが決められへんのか。もし明日どっか行ってまうってわかってたら、好きにならへんのか」

「はあ？　当たり前じゃない。明日どっか行っちゃう男を誰が好きになるっていうのよ」

「じゃあ、あさってやったら？　来月か、来年やったらええんか」

「なんの話よ」

なんだか腹が立った。まるでわたしが約束や保証を求めているみたいではないか。ヨミチは毛布に伏せ、目を閉じた。

「人間は面倒臭いな。いつか駄目になるんを心配してたら、パッともチュっともできひん。ガバっともできひんなんて、おもんないわ」

「おもんなくて結構。人間はね、猫と違って相手かまわずガバっとなんてしないの。いいわよ、もう。あんたの鼻には頼らないから」

ヨミチは何も言わない。覗き込んでみると、本気で寝てしまったようだ。こいつの寝顔をまじまじと見るのは初めてだ。少し目が開いている。しかも白目だ。普通、寝ている時の顔って可愛いもんじゃないの？　ブサイクというより恐ろしい。起きている時はブサイクで寝ている時は恐ろしいなんて、どうしようもない。

矢代がどこまで本気なのか。知りたければ直接聞くのが一番だ。だがそういう時に限って、お互い忙しくてゆっくり話せない。外出続き、会議続き、残業続き。時々、矢代は目を合わせてきた。こっちが意識しているせいかもしれない。意味深に、二、三秒。逸らし方が、また意味深。

「まさきさん、どうしたんですか。ニヤニヤして」

安奈に話しかけられ、ギクリとした。

「ニヤニヤなんてしてないわよ」

「してましたよ。すごく。なんかとろけそうなくらい。あ、もしかして、ヨミチちゃんのブサカワ写真、追加されました？」

「ブサカワはないけど、ブサブサのやつなら」

気を逸らせるためヨミチのドアップ写真を見せると、安奈は喜んだ。

「ブッサくて、癖になる。ヨミチちゃんって、エキゾチックショートヘアが混じってるのかな」

「エキゾチック、なにって？」

「エキゾチックショートヘア。顔がぺちゃんこで、目が離れてるんです」

そう言うと安奈はスマホで猫の画像を見せた。確かに、ヨミチのように顔が平面で鼻が埋まっている。耳も小さく、目も離れ気味。毛色や模様は様々だが、どれもはっきりいって可愛くない。顔の真ん中で拳を固めたような強者もいる。

「ほんとだ。ヨミチみたい。これって、こういうブサイクな種類なの？」

「そうですよ。人気あるんですよ」

「マジで？」

驚いた。猫とは、大概が可愛いものだと思っていた。可愛くない猫というのがこんなにもいるとは。検索すると、ペルシャ猫を交配させた種類だ。ペルシャ猫といえば金持ちの膝の上にいるイメージしかない。

「これって血統書付きなのかな」

「純粋なエキゾチックショートヘアだったらそうでしょうね。でも、雑種だとしてもヨミチちゃんのほうが可愛いですよ」

　鼻ぺちゃ猫とヨミチの写真を見比べる。どちらも可愛いとは言い難い。だがどちらがブサイクかは、はっきりしている。

「確かにヨミチのほうがパンチ効いてるよね」

「ええ、なかなかに強烈なパンチです。ヨミチちゃん、顔がデカいからツチノコみたいですね。これ、香箱座（こうばこずわ）りっていうんですよ」

　安奈は嬉しそうだ。両手足を腹の下に敷いた、長方形の箱にたとえた座り方。ヨミチはよくこの格好をしている。

「香箱座り？」矢代が通り過ぎざまに言った。「それって、猫が安心してる時の座り方らしいですよ。手足をしまい込んでいて、すぐに動けないから」

「そうなんだ。尚更可愛い」と、安奈ははしゃいでいる。

　また、矢代の目線が意味深に流れた。引っ張られるように、わたしはひと気のない廊下まで彼を追った。

「あの、矢代君」

　矢代は足を止め、振り向いた。

「猫」

「え？」

「猫の写真、いつ見せてくれるんですか」

「あ、そっか。うん……」堅苦しく考えなさんな。ヨミチの声がする。「今日、仕事終わってから時間あるかな。お茶でもどうかな」

「いいっすね」と、矢代の砕けた笑いに、こっちから誘われるのを待ってたんだと思った。押して引く作戦？　いや、違う。またヨミチの声がした。何回も同じ女誘うのは勇気いるで。どんなにモテるゆうても、断られたらそれなりに凹むもんや。

一緒に会社から出て、近くのコーヒーショップで向かい合わせる。高校生みたいで照れくさい。ヨミチの写真を見せると、矢代が目を丸くした。「これは」と、小鼻を膨らませ、顔を背ける。

「いいよ、笑って」

「うん、まあ……なんていうか、愛嬌あるね」

ヨミチのブサイク写真は効果絶大だ。笑いを堪える矢代が可哀そう。

「だから、いいよ、笑って」

もう一度促すと、矢代は拳で顔を隠し、やがて笑い出した。店内に矢代の声が響く。ひとしきり笑い終えた矢代は目じりの涙をぬぐった。

「いや、失礼。ちょっと油断した。化け猫なんて言ってたけど、実際はそれほどでもないだろうって思ってたから。じっくり見せて」

スマホを渡すと、矢代はニヤニヤしながら見ている。そういえば、化け猫って言ったかも。最近は慣れてきたせいか、化け猫って感じでもなくなってきた。

「これ、小松さんが言ってたように、確かに癖になるな。ブスっとしてるけど、ちゃんとカメラ目線だし。この写真なんか、カッコつけてるように見えるね」

「あ、それって」

ほんとにカッコつけている。ブサイクなりに一応拘りがあって、顎のラインがいけているからって、下からすくい上げるように撮れって注文してきたやつだ。ブタ鼻が目立つからやめとけって言ったんだけど。

「あのさ、喋れる猫っていると思う?」

口が勝手に動いていた。言ったあとで、自分でも驚いた。矢代は首をかしげている。ヤバイ女だと思われたかもしれない。

「その、喋れるっていうか、人の言葉ぽく聞こえるっていうか」

「ああ、いるんじゃない」

矢代はあっさり言うと、また画面に見入った。わたしは驚いた。

「え？　ほんと？　そういう猫、ほかにも知ってるの？」

「いや、知ってるわけじゃないけど」

こっちの真剣さに気付いたのか、矢代はスマホを返すと、薄く笑った。

「飼い主にはそう言ってるように聞こえるんでしょう。表情とか仕草で」

「そうじゃないの。アテレコしてるわけじゃなく、本当に人の言葉を喋る猫なの。人間と同じような受け答えができて、普通に会話も成立する。会話っていうか、ほぼ喧嘩だけど」

「ふうん。まあ、そういうこともあるんじゃないの」

「信じてくれるんだ」

意外だった。てっきり馬鹿にされるか、冷ややかに一蹴されると思ったのに。

「だって嘘つく意味がないし、今さら不思議キャラを演出する必要もないでしょう。俺も、実家の猫の言ってること、なんとなく理解できたよ。たまには人間相手みたいに話しかけてた」

「そうじゃなくて」と、うまく説明できない自分に苛立つ。矢代は困り顔だ。

「たとえるなら幽霊みたいな感じかな。存在の有無はさておき、見えるって言い張る人の全員が嘘ついてるとは思わない。同じものでも、俺には見えなくても、その人には見える。柴田主任には猫の声がちゃんと言葉で聞こえる。そういうこと？」

違う。でも、これ以上ムキになるのはよそう。実際にヨミチの声を聞かなくては、理解できないだろう。

「まあ……そんな感じ。うちの猫は、関西弁なの。関西弁のオッサンなんだ」

矢代が噴き出す。大きな声で笑った。

「マジか。この顔で関西弁とか使われたら、毎日めちゃくちゃ楽しいな」

「それがそうでもないの。ムカつくことばっかり言うのよ。偉そうだし、オヤジくさいし、猫のくせに説教まで垂れるし」

「ふうん」と、矢代は破顔したままだ。「まさきさんには、そう聞こえるんだ」

さらっと、名前で呼んできたな。そこはおいておこう。

「とにかく、ほんとに喋るの。だからわたしの話にヨミチとの会話が出てきても、変に思わないでね」

「わかった。そのオッサン猫、会わせてよ。次の休み」

おっと、そうきたか。持っていき方がうまいな。一瞬怯（ひる）みそうになったが、腹を括る。

「いいよ。でも部屋が猫臭いよ。ヨミチの寝る布団が臭くって。新しいのにしたいんだけど、絶対にそれでないと嫌だって言い張るんだ」

「まさきさん、K町の商店街の近くに住んでるだろ」

「そうだよ。よく知ってるね」

「俺も前、あそこらへんに部屋借りてたんだ。忙しくなってきたんで、もっと会社に近いとこに越したけど。いいところだよね、あそこらへん。商店街の肉屋ってまだある？」

「あるよ。コロッケが四十円で、メンチカツが百円の店でしょう」

楽しかった。会社で合間に喋るのと、こうしてじっくり話をするのでは、まるで違う。仕事と猫と、家の周辺。矢代とは共通の話題が多い。今まで妙に構えていたけど、もっと早くに仲良くなればよかったかも。

上機嫌で家に帰ると、ヨミチにスマホを向けた。昼間、安奈から見せられた猫の画像だ。

「どう？　これって、あんたっぽくない？」

「なんやそれ。俺、スマホの画面よう見えへんねん」

「これよ、これ」と、画像を大きく引き伸ばす。「エキゾチックショートヘアっていう猫なんだって。あんたに似てると思わない？」

「そおかあ？」と、ヨミチが目を眇める。「俺、こんなオモシロ顔とちゃうで」

「いや、充分オモシロ顔よ。この猫、血統書付きなんだって。もしかしたらあんたも四分の一くらいはそうなんじゃない」

「ふうん。まあ俺は血統書なんかまったく興味ないけどな。それで、なんて猫やって？」

「エキゾチックショートヘア」

「長い名前やな。外人か」ヨミチは不機嫌そうにそっぽを向いた。「エキゾチックショートヘア……。エキゾチックショートヘア・ド・ヨミチ」

「はあ？」

びっくりして噴き出した。ヨミチは真剣だ。

「ヨミチ・ド・エキゾチックショートヘアのほうがええか。いや、もっと貴族っぽいほうがええな。シャルル・ヨミチ・ド・エキゾチックショートヘア」

「誰だよ、シャルルって」

「ピエール・ヨミチ・ド・エキゾチックショートヘア」

「わはは！　どっちも変だって」

「ピエール・ヨミチ・フォン・エキゾチックショートヘア？」

「そこが問題じゃないっつーの」

「フランソワーズ・シャルルヨミチロングヘア？」

「原形ないじゃん」

相当気に入ったのか、そのあともヨミチはめちゃくちゃな創作を続けた。変な名前ばかりで、笑いが止まらない。

もっとブサイクなエキゾチックショートヘアの画像はないだろうか。探していると、矢代からメッセージが来た。他愛ない内容だ。でも、頬が緩む。

「なんやえらい嬉しそうやな、まさやん」

「そ、そんなことないわよ」と、じっと見ているヨミチから目を逸らす。隠すことはないけど、結局はヨミチの言う通りになったわけだから妙に恥ずかしい。付き合い始めたことは、しばらく内緒にしておこうか。

　ヨミチは何かを疑るように目を細めた。

「その顔はあれやな。例のあれがあれした時の、ヤバイあれやな」

「どれだよ。普通に彼氏ができた時の顔だよ」

「彼氏って誰や」

「矢代に決まってんでしょ」すぐに言わされた。顔が熱くなる。ヨミチはとぼけたように首をかしげている。

「やっさんな。まあ俺は前々からわかってたけどな。やっさんがしつこい男やということは」

「失礼ね。しつこくなんかないわよ」また矢代からメッセージが届いた。にやけてしまう。「早く寝なさい、シャルル」

「ピエールや」

「早く寝ろ、ピエール」睨んでやる。が、その夜はメッセージが届くたび、ずっと顔が緩みっぱなしだった。


次の日、玉川に声をかけられた。

「柴田、おまえ、矢代と付き合ってんの？」

噂って、早い。うんざりとため息をつくと、玉川はこっちの言いたいことを理解した。

「昨日、おまえと矢代が二人で楽しそうにしてるのを見たってやつがいてさ」

「あっそ」と、肩を竦める。

会社のすぐ近くのコーヒーショップだから、見られたとしてもしょうがない。

だが、それをわざわざ確かめに来るほど、玉川って無粋なやつだっけ？

そう思っていることも、伝わったみたいだ。玉川はバツが悪そうに目を逸らした。

「お節介なのは承知してるけど、気になってさ。だってほら、あいつって……結構年下だろ」

「五つよ。結構ってのは、人の感覚によりけりでしょう。わたしは別に気にしてないし」

軽く睨むと、玉川は気まずそうだ。確かに玉川とは付き合っていたけど、随分前だ。詮索されるいわれはない。社内恋愛ってとこに、引っかかっているのだろうか。

「もしかして、すぐに振られて、わたしが惨めな思いをするって心配してるの？だったら平気よ。のめり込むつもり、ないから」

「そんな器用なタイプじゃないだろ。とにかく俺が言いたいのは、もしまだたいした付き合いじゃないなら、やめとけってこと。そうじゃなくても、あまり浮かれるなよ。おまえが思ってるより、あいつは残酷だぞ」

そう言うと、玉川は行ってしまった。なにそれ、とムカムカする。若い男と付き合えて、わたしが浮足立っているとでも？

「そやかて、悪い匂いやあらへんで」

ヨミチがわたしの足の間をぐるっとすり抜けた。

「でも、忠告のつもりだとしても、保護者気取りですごくムカついた」

「元祖元カレとしては、ちょっとは責任感じてるんちゃうか」

「なんで玉川が責任なんて感じるのよ。あいつと付き合ってたのはもう十年以上前よ。今さら、何よ」

「そやかてな、まさやん」と、ヨミチの立てた尻尾がわたしの足にゆっくり纏わりつく。ちょっと気持ちいい。「男のほうの身にもなってみいや。昔の女が独り身のまま長いことおったら、気になるもんやで。もしかしたら、まだちょっとは俺のこと好きなんちゃうか、とか思ったりしてな」

「ない、ない、ない」

「それでも男はアホやさかい、そんなこと思ったりすんねん。たまやんにしたら、年下の男に振り回されてズタボロになったまさやんを見たないわけや。まあ、ちょこっと邪な匂いも混じってるから気いつけや。それより、ええんか。ほんまに俺がおっても」

ヨミチがじろりと上目で睨んでくる。わたしは恥ずかしくなって、ソファに逃げた。

「いいわよ。だって、矢代はあんたを見に来るんだから」

「そんなん口実に決まっとるやないか。一人暮らしの女の家に来て、猫にゃんにゃん言うても、にゃんにゃんの意味が違うやろう」

「やめろ、このエロオヤジ。来るのは昼間よ。それにほんとに、あんたに会いたいんじゃないかな。矢代君、猫飼ってたって言ったでしょう。興味があるみたいよ。好かれるために猫用のおやつ持っていこうかなって言ってたもん」

「ウホッ」

「ゴリラかよ」

「手土産持参とは気い利くな。それやったら、こっちも腹割って話しよか」

「それって、矢代君の前でも人間の言葉を喋るってこと？」

急に、不安になった。もしヨミチがわたし以外の人に喋りかけたら、どうなるだろう。

ちょっとした騒ぎになるんじゃないだろうか。いや、相当な騒ぎになるかも。お祓（はら）いとか呼ばれて、テレビの取材とか来て、下手すれば保健所が駆除に来たりするんじゃないだろうか。

「あのさ、ヨミチ。いきなりペラペラ喋るのはどうかと思うよ」

「なんでや」

「だって、普通はびっくりするよ。猫が喋ったら」

「そうか？　でもまさやんは平気やったやないか」

「平気じゃないっつーの。今だって冷静に考えたら変だよ。だけど仕方ないじゃん。あんた、ほかに行くとこないんだからさ」

「ふふん」と、ヨミチは顎を上げた。「やっぱ、ええやつやな。まさやん。心配せんでも余計なことは言わへん。毎日剃らなあかんくらい、まさやんの口ヒゲが濃いこととか、言わへん」

「おい、猫」

「会社から帰ったらまずズボン脱いでパンツ一丁。ビール片手に、昔のアニメ名作劇場見て号泣。晩メシはアボカドの丸焼き。玉ねぎの丸焼き。ナスの丸焼き。毎日それの繰り返し。伝線したストッキングをなんかに使えるんちゃうかって集めてる貧乏臭さ」

「あんた、それ言ったら、口ヒゲちょん切るからね」

こいつ、マジで暴露しそうだ。矢代が来る時には、段ボールに閉じ込めてベランダに出しておこうか。それともユニットバスに閉じ込めてやろうか。

「大丈夫や、まさやん。独身、三十四歳のＯＬがどういう生活してるか、やっさんにもわかってる。ＳＭＳ？　とかいうので時短料理を見せびらかしてるオシャレブロガーみたいなんは、現実にはおらへん」

「ＯＬは死語。ＳＭＳじゃなくて、ＳＮＳよ。あんたの情報は微妙に古いのよ。とにかく妙なことは言わないで。そうね、まずはオカヘリとか、ゴハンとか、そういう飼い猫っぽいのから始めましょう」

「ゴハンじゃ、俺が言いたいことは伝わらへん。俺はやっさんに、まさやんのええとこを知ってもらいたいねん」

「え……、なによ。急に」

ちょっと驚いた。こいつも少しは感謝してるんだ。照れくさくなり、首のあたりがモゾモゾとする。

そんなわたしに、ヨミチは斜めからの高飛車な目を投げた。

「世話になってるお礼に、俺からやっさんに伝えたる。まさやんの本音を。三十四歳、ネッバネバの結婚願望で糸引きまくった独身女と付き合うのがどういうことか、俺の口から説明したる」

「ん？　猫」

「大丈夫や。まさやん。やっさんには俺から言うたる。矢代君、いや、矢代様。あたしと結婚して。すぐ結婚して。速攻で結婚して！　だって三十四歳、これがラストチャンス。焦ってる。あたし、焦ってんねん！」

「マジ、刈る。おまえを刈り上げる」

「そんなんされたら恥ずかしいやんけ。俺、毛え剃ったらすごいマッチョやねん」

「キモイわ、猫マッチョ」

今すぐユニットバスに沈めてやろうかと思ったけど、ムキムキの肉体にブサイクな猫頭が乗っかっているのを想像すると、気持ち悪くなってきた。たぶんだけど、こいつだって追い出されるような真似はしないだろう。行く当てがなくて困るのはわかりきっている。

でも念のため、段ボールは用意しておこう。

ヨミチはいつもの定位置に埋まると目を閉じた。週末には矢代が来てしまう。圭一が出て行ってから初めての男性客。まだたいした付き合いじゃないからこそ緊張する。まあ、念のためにパンツの色くらいは揃えておこうかな。ガチガチじゃなく、それっぽいやつを。色々考えているうちに、玉川の忠告なんてどっかに吹き飛んでいった。

矢代が来たのは、休日の昼だ。ドアを開けると、中を窺うように顔だけ突っ込んでくる。

「大丈夫？　猫、逃げない？」

「平気。うちのはやる気がないから。つまり逃げる気が」

部屋の隅っこの定位置で丸くなっているヨミチを一瞥する。不機嫌のせいで、ブサイクな顔が益々ブサイクだ。

今日は朝から徹底的に掃除した。散々文句言われたけど、あの毛布も天日干ししてちょっと匂いはマシになった。ヨミチが言うには、使い込んだ匂いには、当人にしかわからない癒し効果があるらしい。子供がお気に入りのぬいぐるみを手放さないのと同じか。

「でも出入りには気を付けたほうがいいよ。猫って素早いから、油断してるとちょっとの隙間をすり抜けてくよ」

矢代は部屋に上がると、一直線にヨミチの寝床にすり寄った。低い姿勢から顔を覗き込む。

「おまえがヨミチだな。写真で見るより可愛いじゃないか。よし、来い」

ヒョイと軽くヨミチを抱き上げ、胡坐(あぐら)の上に乗せる。

「懐かしいな、この感じ。やっぱり猫って可愛いや」

矢代はヨミチに夢中だ。嬉しそうに頭を撫でまわしている。ブスっとしているが、ヨミチはされるがままだ。見た目は猫と男子。でも実際は若者の膝の上で撫でまわされる中年のオッサン。

男同士、初対面のくせになんだか妙に仲良しだ。あれ、わたし、邪魔者みたいなんですけど。

「矢代君って、そんなに猫好きだったんだ」

「あ、ごめん」と、矢代は少し恥ずかしそうにヨミチを下ろした。「久しぶりだったから、つい。おとなしいね、こいつ」

ヨミチが大暴れしたのは最初だけだ。あとは至っておとなしい。ただ口数は減らない。

「普段からそんな感じだよ。だいたいそこで丸まってる。その毛布、汚いから新しいの買ってあげるって言ってんのに、それがいいって聞かないの。なまじ喋れるもんだから、注文が多くて」

「そっか。おまえ、喋れるんだったな」

矢代がまたヨミチの頭を撫でた。ヨミチがニャアと鳴く。

わたしは固まった。

「今、ニャアって鳴いたよね」

「うん？　ああ。そうだよって、言ったのかな」

「いや、そうじゃなくて、猫みたいな鳴き声じゃなかった？」

ヨミチが猫っぽく鳴いたのは初めてだ。ブウとか、ウホッとか、別の生き物の鳴き声を真似ることはあっても、ニャアなんて。

矢代の前だから猫被ってるのかな。それとも何かを企（たくら）んでいるんじゃないだろうかと、怪しむ。矢代はまだヨミチを撫でている。

「この猫、何歳？」

「さあ。本人はもう若くないみたいなこと言ってたけど。ヨミチ、あんた幾つ？」

聞いても、ヨミチはちょっと顎を上げただけだ。なんか馬鹿にされているみたいで腹立つ。

「あまり動かないのは高齢のせいかもしれないね」

「高齢。そういえば、店の残飯が脂っこくて駄目みたいなこと言ってた。カリカリも食べにくそうだし」

「柔らかいのに変えるか、ふやかしてやるといいよ」

「ヨミチ、あんた、どっちがいい？」

聞いても、ヨミチは知らん顔だ。どうやら今日は普通の猫を演じ切るらしい。

矢代はちょっと呆れたように笑う。

「好みを聞いたら、今のままがいいって言うんじゃないの。人間と同じで」

「そっか、意見を聞くのがいいってわけでもないのね。確かにうちのおじいちゃんも、入れ歯なのに硬い物かじって、糖尿なのに甘い物食べてた。自分で好きな物選べるなら、そうなるよね」

ヨミチは目が合うと、プイと顔を背けた。たぶん、余計なこと吹き込みやがってと思っているのだ。わたしはふふんと鼻で笑ってやった。

矢代が隣に座った。自然な感じが逆に気障っぽい。

「この猫、ほんとにまさきさんの同居人みたいだな。可愛いけど、ちょっとだけ妬ける」

妬ける？

そんなフレーズ、さらっと使っちゃうんだ。びっくりして、頬がピクっとなる。

「ど、どうして？」

「だって元カレの猫だろ」

「あ」と、つい目が泳いだ。そんな話をしたっけな。「そうなんだけど、もう三年も前に別れてる。その間、一度も会わなかったし、連絡もなかったのよ。それなのにいきなりヨミチを置いてってさ。しかもそいつ、今カノがいるのに、なんでわたしにって感じでしょう」

「ふうん。でもわかる気がするな」

「え、どうして？」

「だって大事にしてくれそうだから」

矢代がチラとヨミチに目を向けた。ヨミチは窓の外を見ている。

こいつってば、こういうことシレっと言うんだよな。キュッて胸が絞られる。

矢代の顔が近づいてきた。まだ早いかなって思ったけど、まあ、いいか。大人だもんね。出し惜しみする歳じゃないし。だけど、その気になって顔を傾けたのに、なぜか矢代はやめた。

「いや、ごめん。なんか猫がめっちゃ見てるから、恥ずかしくなって」

矢代は笑いを我慢している。ほんとだ、ヨミチがガン見している。思い切り睨んでやると、白々しくニャアと鳴いた。

「今のはなんて言ったの？」

「たぶん、チュ、チュ、チューって言ってる。ネズミかよ」

矢代が噴き出したので、わたしも噴いた。二人して大声で笑う。

昼ごはんは矢代のリクエストで、商店街の食べ歩きにした。まず向かった肉屋は創業何年か謎なくらい小汚い老舗だ。破れたビニールの軒下のベンチで、二人並んでメンチカツの揚げ待ちをする。

「焼きそば屋って、まだある？」

「あそこは店のおじさんが腰悪くしちゃって休んでるよ」

「残念。久々に鉄板の焼きそばが食いたかったのに」

矢代はわたしのマンションから商店街を通り抜けた反対側に住んでいたという。出入りする店も被っていて、よく会わなかったものだ。

「あんなとこにパン屋あった？」

「あれは一年くらい前にできたの」

「知らない店もあるな。でもシャッター降りてる店も多いね」

「そうだね。地域の商店街ってほとんどの物が揃うけど、会社帰りだと飲食以外は閉まってる。だからつい、コンビニとかで済ませちゃうんだよね」

こうして休日にじっくりと店並みを眺めることはあまりない。ふと、圭一を思い出した。あいつとは暇潰しによく商店街をうろついたっけ。

メンチカツが揚がった。まだ揚げている最中みたいに、衣の油がプツプツいっている。

「火傷しそう。気を付けてよ」

そう言ったのに矢代は大口でかぶりつく。サクッていい音がした。

「アッチ！」

「ほら、言ったじゃん。ちょっと冷ましてからのほうがいいよ」

「いや、大丈夫。俺は食う」と、矢代はまだ油でギラギラしているメンチカツにかぶりつく。「アッチ！」当然まだ、まともなひと口にも至らない。

なにこれ、と笑いそうになる。熱々のメンチカツにかぶりつくのが男気？でも、さすがの矢代でも格好よくない。どういう反応しようかと困り、気が付く。

そっか、可愛いって言葉、曖昧で楽なんだ。褒めてもいないけど貶(けな)してもいない、年上のお姉さんらしい表現。矢代君、可愛いねって笑って、こっちはおしとやかに食べるの。だって大人の女。独身、三十四歳のOLだもの。

でもやめた。女子らしく食べ方を演出したり、可愛いねってお姉さんらしく矢代を眺めたり、そんなのはわたしらしくない。自分のメンチカツに歯を立てる。まだ熱いのですごい形相になっているだろうけど、わたしだって揚げたてを食べたいんだ。

食べ終わると、手も口も油でギトギトになった。たまたま持っていたウェットティッシュを矢代にも渡す。

「マジうまかった。口ん中、ヤバイことになったけど」

「わたしも。矢代君に見惚れてメンチカツの旬を逃さなくてよかったよ」

「なんか冷たい物が飲みたくなった。通りの入り口の喫茶店、まだある？」

うん、行こうと言う前に、スマホが鳴った。

画面を見て硬直する。圭一からだ。

どうしてこのタイミング。電話に出ないわたしを矢代が訝る。

「出ないの？」

「あ、いや」すごく不自然な感じになったけど、顔を背けて電話に出た。聞こえてきたのは女の声だ。淡々とした圭一の今カノ。

短い会話は単調で、仕事の連絡みたい。でも内容は困惑するものだった。

電話を切ってすぐ、気まずくなるのが嫌で矢代に説明した。

「ヨミチの飼い主の、元カレの今カノからだった。なんか、直接会って話がしたいんだって」

「元カレの今カノが、なんでまた？」

「わかんないけど、もしかしたらあいつ、逃げたのかも。わたしの時もね、歌で世界を変えるんだって、いきなり出て行ったの。本気でそういうこと言うタイプだったの。悪いやつじゃないんだけど、後先考えてないっていうか。だからヨミチのことも忘れていった可能性がある」

なんだか、急に不安になってきた。

三か月。

圭一はそう言って、ヨミチを預けた。三か月はまだ過ぎていない。でも、すっかり忘れていた。ヨミチはいずれいなくなるんだ。

なんでデートを中断してまで、こんなことになっているのだろう。

矢代は気を遣って帰ってくれた。彼と行くはずだった商店街入り口の喫茶店に、わたしは圭一の今カノと向かい合っている。

物静かで、可愛らしい感じの女性。二十半ばくらいだろうか。前髪を切り揃え、劇場アイドルグループのメンバーみたいな服装をしている。圭一は今、こういうのがタイプなんだ。電話で聞いた声のトーンとは少しイメージが違う。

彼女は沈んだ顔で黙っている。あれ、呼び出したのは、そっちだよね。

「あの、話ってなにかな」

「圭一君のことです」

そりゃ、そうでしょう。第一印象、苦手系。

「だよね。っていうか、あいつの携帯、あなたが預かってたのね。何度あいつに掛けても繋がらなくて」

「いいんですよ」彼女は目を伏せ、口元だけで笑った。「何十回と掛かってきてたけど」

「……用があったからね」

あ、苦手じゃなくて、嫌いかも。そっちが話しにくそうだから、適当に話を振っただけなんですけど。彼女の口元の笑みに、蔑みをみる。女ってだいたいわかるんだよね。相手が自分を馬鹿にしているかどうか。

今カノと元カノでマウントの取り合いなんて時間の無駄。もう圭一にはなんの未練もないのだから、苦手な相手と長居はごめんだ。

「わたし、急いでるの。用件を言ってくれるかな」

口調を強めると、彼女は少しムッとしたように上目遣いをした。

「圭一君、入院してます」

「えっ、そうなんだ。知らなかった。あいつ、どっか悪いの？」

「病気みたいです。詳しくは知りません。すぐに退院するって言ったから、その間だけスマホを預かったんです。適当に返事しておいてくれって頼まれたの。でも、変な電話ばっかり」

「変な電話？」

「金返せとか、下手な歌なんかやめちまえとか、どこにいるのよ、とか」

「ああ」と、苦笑いしかできない。圭一がどういう暮らしをしていたか、だいたい想像がつく。「だからわたしからの電話にも出なかったのね」

「あなたのことは圭一君から聞いてました。昔の彼女で、猫を預かってもらうんだって」

不満げな彼女の顔を見てわかった。わたしにヨミチを預けたこと、気に食わないんだ。

「……それで、あなたはどうしてわたしに連絡してきたの。圭一に何かあったとか？」

「圭一君はまだ入院したままです。私、このまま圭一君のスマホを持ってるのが嫌なんです。だから預けます。猫と一緒に」

「ちょっと待ってよ。あなた、圭一の彼女でしょう」

「そうだけど、一週間くらいで退院するって言ったのに圭一君、ちっとも戻ってこないし。私には変な電話が掛かってくるスマホで、あなたには楽な猫。そんなの狡いでしょう」

「いや、猫だって大概だし」

特にあの猫は。

彼女にヨミチを預けなかったのは正解だ。あの猫と気が合うはずがない。

でも、圭一は彼女のことも頼っていた。でなきゃ携帯電話を預けたりしない。

圭一はほんとにすぐ退院する予定で、電話の受け答えを彼女に頼んだんだ。変な電話も着信拒否しないやつだから。

だけどヨミチを引き取りにくるのはもっとあとになると思っていたのだろう。もしわたしが病気になったら。入院して、退院しても、猫の世話が完璧にできないかもしれないって少しでも考えたら。

信頼している人に預ける。その人に託すくらいのつもりで。

「スマホは、圭一があなたに預けたんだから、返すならあなたから返したほうがいいよ。圭一の入院先、知ってるんでしょう」

「知ってるけど」彼女は拗ねたように唇を尖らせた。目には涙を浮かべていた。「怖くて。行きたくないんです」

「……そっか」

この子、今カノなんだ。元カノのわたしとは、気持ちの入り方が違う。圭一のスマホは彼女に残したまま、病院の名前と場所を聞いて、店を出た。

想像していたよりも重い内容だった。昼間の矢代とのデートが遠いことのようだ。マンションに帰ると、ヨミチは定位置の毛布の中で丸くなっていた。ナア、とひと声鳴く。

なんだか笑えてくる。近づくと、そばでしゃがんだ。

「何よ。毛布干したのが、そんなに気に食わなかったの？」

ヨミチはまた訛声（だみごえ）で鳴いた。顔もブサイクだが、声もブサイクだ。なぜ急にヨミチが人の言葉を発しなくなったのかはわからない。あんなにお喋りだったのに。でも、今日はそれで助かった。圭一のこと、うまく説明できそうになかったから。


「入院先に？」

会社帰りに矢代とゴハンを食べている。気取ったイタリアンとかじゃなく、目に付いた居酒屋で。彼が食事には拘（こだわ）る派なんだとか言いそうって、完全な偏見だった。矢代が味の濃い揚げ物ばかり頼むから、こっちも食欲そそられて、競うように食べている。

「うん。今週末に行こうと思ってる。ちょっと遠いからレンタカーで」

にぎやかな店に入ったのは正解だった。話口調によっては湿っぽくなりそうな内容だ。圭一が入院しているのは県外の、バスを乗り継がないと行けないような田舎の病院。場所は辺鄙（へんぴ）だが大きな総合病院だ。

話すと不安になる。

仕事も忙しかった。矢代だけに野見山のフォローをさせるわけにもいかず、時間をやり繰りして同行した。その代わり月末のB社のプレゼンは二人任せだ。

外回りから戻り、会社の女子トイレで化粧直しをしていると、隣の女子社員が話しかけてきた。

「柴田主任って、矢代さんとお付き合いしてるんですよね」

「へっ？」

鏡に映っているのは、総務か人事のミスなにがしさんだ。今日もパステルカラーに、ふんわり巻き髪。いつも感心するくらい女子っぽい。なんて名前だっけ？そして何でそんなこと聞くの、この子。

「まあ、そうだけど」

「すみません。私、二人が付き合っているって知らなくて、矢代さんと合コンしちゃって。怒らないでくださいね」

「はい？」

「怒ってますよね。ごめんなさい」

彼女は一人で勝手に謝っている。なんだかまるで、わたしが虐めているみたいな構図。意味がわからなくて、目が泳いでしまう。

「ええと、それって神木君に誘われた飲み会でしょう。それなら聞いてるし。わたしと付き合う前のことだから気にしないで」

「そうですか」と、ミスなにがしさんは可愛らしく微笑んだ。「よかった。じゃあ次の合コンも矢代さんが来てくれるんですけど、全然平気なんですね。さすがです。余裕があって憧れちゃいます」

それって、野見山がせっついていたやつだ。矢代から話を聞いている。

「いや、だって合コンとはちょっと違うから」

「柴田主任って大人ですね。私なら、好きな人がほかの人と仲良くしてるの嫌だもの。真剣に付き合ってるなら、尚更。でも柴田主任は大人のお付き合いができるんですね。私は無理だな。すぐ本気になっちゃう」

大人のお付き合いって、何？

ミスなにがしさんは、鏡の中で悲しげな表情を浮かべている。なんだかわたしに説教でもされているみたいだ。別の女子社員が後ろを通ると、ミスなにがしさんはススンと鼻を鳴らした。

泣いているわけでもないのに。

「あのね、あなたとの会話、所々不自然なんだけど」

「柴田主任、このこと矢代さんに言わないでくださいね。女同士の小競り合いみたいで、みっともないから。私も柴田主任に怒られたこと、黙っていますから」

そう言って、彼女はにっこりと笑った。この笑顔があれば、大抵のものは手に入るんだろうな。

ぽかんとしていると、ミスなにがしさんはいなくなっていた。今の、なんだったんだろう。


「それ、ドラマでよくある、操り系女子ですよ」

安奈は顔を輝かせている。

今日のトイレでの出来事をちょっと話したら、安奈はとても嬉しそうに食いついてきた。

まあいいか。残業時間の息抜きだ。うまい具合に矢代もいない。

「操り系女子か。確かにあの笑顔にはどんな男も操られちゃうだろうね。美人に生まれたら、得ってことだ」

女は泣きが通用しちゃうとか言ってたのが馬鹿みたい。美人はそういうこと、いちいち悩んだりしないだろうな。

安奈は首を横に振った。この子も美人だけど、泣く姿を見せたことはない。

「違いますよ、まさきさん。顔が綺麗でも人は操れません。人を操るのはここ」と、自分の頭を指さす。「賢くないと。それに操られてるのは男だけじゃありませんよ。女もです。まさきさん、さっそく術中にはまってます」

「わたしが?」

「その子に言われたとおり、矢代君に黙ってるじゃないですか。なんで黙ってるんですか。喧嘩売ってきたのは向こうですよ」

「だ、だって、別に何かされたわけじゃないし、それに」

「みっともないから、でしょう。その魔法のひと言で、なんでか知らないけど、まさきさんのほうがその子に対して躍起になってる立場に変わっちゃった。それに、その子の台詞。私も柴田主任に怒られたこと黙っていますから、ですか?

これも罠ですね。若い女の子に嫉妬する年上彼女の構図が、まさきさんの中で勝手にできあがった。違いますか？」

安奈は謎を解き明かした探偵のように、してやったりと笑みを浮かべる。

「すごい。なんでわかるのよ」

「それにもうひとつ。私も柴田主任に怒られたこと黙っていますから。この言葉には別の意味があります」

「別の意味？」

もう考えることもしない。今日の恋愛指南は安奈に任せよう。

「それはあの子が、柴田主任に怒られたことは黙っててやるけど、ほかのことを矢代に言わないとは、言っていないってことです。つまり、あの子は今頃、まさきさんが矢代の合コン参加を認めて、しかも全然平気そうで、なんならまったく興味がないみたいだって、矢代本人にチクってますね」

「え？　ちょっと待ってよ。わたし、そんなこと言ってない」

「そしてついでに、私なら本気で好きな人が合コンに行ったら泣いちゃうとか、健気アピールもしてます。まさきさんが矢代に何も言わないだろうと見越してね」

「そ、そこまで人の心理を読めるもんかしら。もう妖術……、魔術じゃん」

「もしまさきさんが彼女とのやり取りを矢代に言ったとしても、やっぱり彼女は優位に持っていきますよ。女子トイレで、柴田主任に怒られちゃったんです。謝ったんですけど、ってね。実際に、ごめんなさいの先制攻撃食らってますからね。責めてもいないのに謝られると、なぜかこっちが怒っていることになるという、勝手に苛めっ子攻撃です」

途中から同じ映像が脳内をグルグル巡っている。女子トイレで、ひと回り年上の上司に責められる若い社員。その絵面だけで、どっちが悪役か決まっている。

もちろん怒っているわたしが意地悪なお局役で、泣いているミスなにがしさんがヒロインだ。

「そうしたら馬鹿な男は思うでしょうね。ああ、俺の彼女って、陰でお呼び出しする陰険なタイプなんだって。飲み会とか合コンに行くと、面倒なことになるんだなって。そこで、ようやく美人が利いてくる。おや、俺に気がありそうなこの子、美人じゃんって」

そんな駆け引きのプロのような美人に目を付けられたんじゃ、矢代が落ちるのは時間の問題だ。そもそも、矢代はなんでミスなにがしを敬遠してるのだろう。確実に向こうは気があるんだから、付き合えばいいのに。

いや、違うだろう。矢代はわたしの彼氏だ。わたしの考え、おかしい。

「あれ、わけがわかんなくなってきた。ごめん。もうわたし無理かも」

「大丈夫です、まさきさん。こんなリアルタイムの社内恋愛、放っておけません。そういう言い回しの魔術には、正面から太刀打ちするのが一番です」

「ミスなんとかちゃんと、一騎討ちするってこと?」

それなら勝てるかもしれない。美人とか若さとか、関係ないもん。

だが安奈は渋い顔で言った。

「そんなことしたら、彼女が大泣きして完全にまさきさんは悪人ですよ。私だって、負けちゃうかも。こんな時に相手の女と戦っちゃ駄目です。だって考えてくださいよ。相手はリング外なんですよ。中に入れたら駄目なんです。リングの中にいるのは、まさきさんと矢代君の二人だけ。恋愛のライバルってね、こっちが脅威に感じるから格上げされちゃう。相手にしなければライバルでもなんでもない」

「なるほどね」安奈がどっかの占い師に見えてきた。「それで、どうすればいいの？」

「ガンガンやるんですよ、矢代と。今すぐにあいつのとこに押し掛けて、押し倒して、ガンガンやりまくるんです。結局はそれですよ。やることやってれば、ほかの女が入り込む余地なんてありません」

「あんたは、エロオヤジか」

いや、ヨミチか。

がっくりとして、天井を仰いだ。まさかのエロオヤジがここにもいた。

ヨミチはまだ喋らない。まるで話すことに興味がなくなってしまったかのように、仏頂面で窓の外ばかり見ている。だがもしまた喋り出すとすれば、同じようなことを言いそうだ。ウダウダ考えるくらいなら、パッとやってチユっとしてこいとか。

安奈は少し、恥ずかしそうに笑った。

「まあ、とにかく仲良くしてれば他人の小細工なんかで揺らがないってことです。

全部、矢代君に言ったほうがいいですよ。みっともないとかプライドはなしにして、こんなこと言われたから、こう言ったよって。仕事でもそうですけど、誤解って、だいたい会話と説明が不足して起こるから」

「確かに。なんとなくわかってくれてるだろうってのは、こっちの解釈よね。あ、でも、矢代に言わないでって頼まれちゃった。どうしよう」

「恋愛ドラマで主役の邪魔するA子とかB子の台詞に、何の意味があるっていうんですか。次にトイレで会ったら、あんた誰、みたいな顔しておけばいいんです。ああいうタイプは自分が真ん中にいることに慣れてるから、端役なんて耐えられないんです。プリプリ怒って、サッササと退場しますよ」

「なるほどね」

「駄目ですよ、隙を見せちゃ。主役奪われちゃいますからね」

安奈の中で、この話の主役はわたしなんだ。そう思うと嬉しくなる。

安奈に話してよかった。明日は圭一の病院まで長距離ドライブだ。操られてモヤモヤしたままじゃ、道中はつらい。

それでなくとも一人で行くのが心細いくらい、本当は不安なんだから。

行きはわたしが運転することにした。隣には矢代が座っている。

「昨日、電話掛かってきたよ。その総務の子から」

「えっ、マジで」

ハンドルを握る手に力が籠る。安奈ってば、すごい。動揺が運転に影響しないように前に集中しながら考える。聞いてもいいかな。いいよね、彼女なんだし。

「ええっと、それってどういう件で？」

「さあ。大事な相談があるって言われたけど、まだ出先だったからすぐ切った」

「そうなんだ。結構冷たいね、矢代君」

「一回飲みに行っただけで大事な相談とか、胡散臭いだろ。俺、割と疑り深いんだよね」

「そういうことね」

納得。こいつ、慎重なんだ。仕事のやり方に似てる。ガツガツいく肉食系に見えるけど、考えなしには飛びつかない。わたしは安奈に言われた通り、女子トイレでのやり取りをできるだけ詳細に話した。前を向いていられたせいか、誇張せずにうまく伝えられたつもり。

矢代は窓を開け、気持ちよさそうに風を受けている。

「おもしろいな、女子って」

「おもしろくないよ。わたし、ああいうゴタゴタ苦手なんだから。矢代君、完全にロックオンされてるよ」

「こっちにはその気がないって、伝えてるんだけどな」

その気ないんだ。

ヤバイ、嬉しくって、顔がにやけてくる。キリっとしろ。デレデレすんな。

「……でも、あの子、めちゃめちゃ可愛いじゃん」

「顔はよくても、全然メシ食わないんだよね。前の飲み会で、チワワの餌かよってくらいしか食わないの。しかも野菜をちょこっとだけ。俺、あのペース無理だわ」

メシの量と食材。そこかと、脱力。好みじゃないとか、まさきさんのほうが可愛いよとか、そういう答えを期待していた。自分が図に乗っていることに気付く。

まあいいか。その気がないって、はっきり意思表示してくれてるんだし。

「小食で草食って、いかにも女らしくて、わたしとは真逆だね」

「女らしいってのはさ、ほんとは量が気になるのに、場の雰囲気に合わせてガンガン焼肉食いまくるとか、相手に見惚れながらも一緒に歯をむき出しにしてメンチカツ食ってくれるとか、そういうんじゃないの」

矢代の視線を真横から感じる。前を向いているのに、何も目に入ってこない。

「……運転ミスりそうだから、こっち見ないで」

「はーい」と間延びした返事。絶対に笑っている。あの気障っぽい笑み。からかってるのかって言いたいけど、矢代がわたしをからかいたいなら、それもこいつなりの愛情表現かも。あまりにもムズムズするので、笑いが込み上げてきた。

「なんで笑ってんだよ」

「笑うよ。もう、こそばゆいの。矢代君がくすぐるから」

「くすぐってないよ」

「くすぐってんの。ずっと前から」

ああ、そうだ。なんか思い出してきた。恋愛って、こういうのだ。ほかのどれとも違う感覚。片思いも両思いも含め、恋が始まった頃のこのくすぐったい感じを忘れていた。

我慢をやめて大きな声で笑うと、矢代もつられたのか、笑った。行きのドライブはとても楽しかった。

のどかな県道を走り、着いたのは郊外の大きな病院だ。周りは山と田畑だけ。自然の庭に囲まれた穏やかな場所。風通しのよい建物は病院というより保養所だ。長く静養するならこんなところがいい。そう思えた。

矢代も同じように、遠くの緑を眺めている。

「いいとこだな。元カレ、ここに入院してるんだ」

「うん。そうみたい。受付で聞いてみるね」

受付で圭一の名前を告げると、検索してくれた係の女性が妙な顔をした。あれ、なんだか言いにくそう。もしかして退院しちゃったのかな。

でも違った。圭一はもうここにはいないと、係の人は気の毒そうに説明した。

「え？　伊藤圭一ですよ。伊藤は、よくある普通の伊藤に、圭一は……」

何度聞いても答えは同じだ。困ったような係員の顔をじっと見つめても、事実は変わらなかった。

　圭一は二か月前に亡くなっていた。

　わたしは立ち尽くした。矢代に声をかけられるまで、頭が真っ白だった。


「帰りは俺が運転するよ」

「あ、うん」

　まだぼんやりする。ピンとこない。圭一は二か月も前に亡くなっていた。ついさっきまでわたしの中では圭一がいたのに、本当は死んでいた。

　先を行く矢代の背中を見ながら思う。人の死って、なんだろう。手が届くところにいる矢代は、確実に生きている。

　でも目の前で動いている人だけが生きているわけじゃないでしょう。この二か月の空白期間、圭一ってどんな存在だったの。幽霊？　死人？　わたしの中で圭一はそんなものじゃなかった。数分前まで生きていた、頼りなくて優しかった元カレ。

　矢代の運転は行きよりもずっと静かで滑らかだ。景色が逆行して、緑が消えていった。

　唐突に矢代が言った。

「元カレのこと、教えて」

「えっ、どうして」

　ぼうっとしていたので、驚いた。

「だって俺、その人のこと知らないから、まさきさんと何も共有できない。思うことは違うだろうけど、知っておきたいんだ。どういう人がいて、どういう人がいなくなったのか」

「どういう人がいたのか……」

　不意に圭一を思い出し、感情が戻ってきた。自然と顔がほころぶ。

「最初に会ったのは、駅前の広場。圭一が一人で歌ってたのをわたしが通りすがりに見かけただけ」

「路上ライブってやつ？」

「そう」

　いい歳をして、駅前で路上ライブしていたのだ。チップ用に開けたギターケースには小銭がちょっとだけ。次に見かけたのは商店街の近くの公園。また一人で歌っている圭一と目が合った。お互い、顔に覚えがあるのを認識して、三度目にはわたしから声をかけた。

「まさきさんから声かけたんだ」

「声かけたって言っても、ナンパとかじゃないよ。歌、上手ですね、みたいな感想を伝えただけ」

だが、それほど上手ではなかった。本人は自信満々に歌っていたが、足を止めてまで聞き入る人はいなかった。

彼の何に惹かれたのか、あの頃は深く考えたことがなかった。

でも今ならわかる。柔らかい微笑みはわたしの胸を温かくしてくれた。

「ヒモっていえば聞こえは悪いんだけどさ、全然、害のない人だったの。声が優しくて、話してるだけで癒された。毎晩歌ってくるって一円にもならないのに公園とかに行って、満足げに帰ってくるの。この人、なんにも持ってないのに、なんでこんなに幸せそうなんだろうなって羨ましかった。優しさだけ。稼ぎも、常識も、将来性もない。フワフワとした雲みたいな人だった」

いい思い出ばかりだ。たぶん、うまいこと頭が選んでくれているんだろう。客のいない路上ライブをずっと聞いていた。肉屋でコロッケを買って食べ歩きした。世界を変えるんだって馬鹿みたいな彼の夢が、いつか叶いますようにと願った。

仕事が忙しくなった頃、圭一は前触れなく出て行った。彼がなぜいなくなったのか当時はわからなかった。でももしかしたら彼は、いずれわたしが時間に追われ、余裕を失うのを見越していたのかもしれない。笑っていられる間にいなくなってくれたのかもしれない。

そして今、わたしの手元に残ったのは、いい思い出ばかりだ。転がり入ってきた圭一は、転がって出て行った。あとにはほとんど何も残さない、綺麗な別れ方だった。

「いい彼氏だね」

「そう。いい彼氏だったの」

「なんかちょっと、悲しくなってきた」

「そうだね。わたしもちょっと悲しくなってきた。でも、圭一らしいよ。だってもういなくなったあとだもん。タイミングがズレてるっていうか、マイペースっていうか。今さら、涙も出てこないよ」

泣かないのは、涙を止めるすべを知っているからだ。泣いたらあとがつらいのも知っている。涙の量が多いと、乾くのも遅い。

レンタカーを返却し、マンションまで二人で歩いた。もう夜だ。

「ヨミチになんて言おう」

「猫って、飼い主が死んだこと理解できるのかな。鋭いから、もう帰ってこないって気付いてるのかもしれないけど」

「気付いてないと思う」

今までの会話を思い出す。ヨミチはまだ、圭一が迎えに来ると思って待っている。

部屋に帰ると、ヨミチはいつもの毛布に丸まっていた。気だるそうに顔を上げる。矢代が一緒なので今日も猫っぽい仕草だ。

「そうだ。ヨミチのカリカリね、変えたんだ。同じシリーズの柔らかいやつに」

「どう？　よく食べる？」

「うん。最初はあんまり食べなかったけど、慣れてきたみたいで結構ガツガツ食べるようになった」

「そらしゃあないやろう。ほかに食うもんあらへんのやから」

オッサンの訛声に、ハッとした。ヨミチだ。

「なんや、やっさん。今日は手土産はなしか」

のっそりと毛布から出てくる。静かな足取りで近付いてきた。久しぶりに聞いたヨミチの声に感動してしまう。だけどジンとしているなんて気取られたくない。

「何言ってんのよ。矢代君はあんたのご機嫌取る必要なんかないの。わたしの彼氏なんだからね」

「うわ、二人とも調子乗ってるわ。付き合いたてやのに、私らもう強い絆で結ばれてますみたいな痛いカップルやな。そういうのは散々周り巻き込んだあと、すぐ別れるねん。別れる時も、まあ周り巻き込んで騒ぐ騒ぐ」

「そんなアホみたいなカップルと一緒にしないでよね」

こいつが今まで黙っていたのは、口の悪さを増幅させるためか。関西弁も健在だ。嬉しさを隠して睨んでやる。ブサイクさも増したようだ。

「ねえ、矢代君。こいつって関西……」

玄関先に立ったままの矢代を見て、びっくりした。別人のように顔が歪んでいる。

「猫が、猫が喋ってる」

「聞こえるの？　やった！　やっぱり喋ってるでしょう。わたしの言ったとおりだったでしょう」

「猫が、猫が、猫が」

「……矢代君？」

様子がおかしい。いつもの余裕は微塵もなく、真っ青になって震えている。今にも卒倒しそうだ。

「ねえ、大丈夫？　気持ちはわかるよ。猫が関西弁喋るなんて変だもんね。でもすぐに慣れるよ。ムカつくけど、言うことは割と」

「うわあああ！」

つんざくほどの悲鳴を上げて、矢代は部屋から飛び出した。開け放たれたままのドアに茫然とする。

「逃げよったで」

ヨミチがポツリと言った。

「逃げよったな」つい、関西弁になってしまう。「ち、違うわよ。びっくりしたのよ。そりゃ、びっくりするわよ。関西弁を喋る猫なんて」

「そやけど、あいつ、相当ビビっとったで。もうここにはこうへんのちゃうか。残念やな」

「あんたのせいでしょう。ったく、矢代君は丸一日、わたしに付き合ってくれてたのよ。わたしを心配して付いてきてくれたんだからね。圭一の病院まで」

「病院の匂いがしとるわ。圭一、元気か？」

「圭一は……圭一は、手術の前に頭の腫瘍が破裂して、亡くなったわ。入院してすぐだったって」

「そうか。圭一、死んだんか」

ヨミチはフイと顔を窓に向けた。

餌の用意をする。ヨミチは柔らかめのキャットフードを食べ始めた。わたしはしゃがんでそれを見ていた。

「圭一が脳腫瘍だってこと、知ってた？」

「ああ。病気も変な匂いがするからな。圭一は、俺を拾った頃から悪かってん。まともな暮らしせえよって、何回かゆうたんやけどな。でも、猫は飼い主選ばれへんのやから、先に死なれたとしても文句は言われへん。部屋に閉じ込められたまま飢え死にもありえる。それでも最後まで付き合う覚悟はしとったんやけどな。大事にしてもろたからな、圭一には」

あっという間に皿を空にして、ヨミチは毛づくろいをしている。

オッサン声も、白目がちのブサイクな小さな目も、感情らしきものはない。猫って、どこまで心があるんだろう。心は人間と同じだろうか。

ヨミチはまだ毛づくろいをしている。いつもより長く、丁寧に体を舐めている。

「圭一は歌うたいながら、あっちゃこっちゃ渡り歩くような生き方しかできひんかった。野良猫みたいに自由なやつやったけど、やっぱり人間は猫にはなられへん。猫は薄情やからな。死んだあとのことなんかどうでもええ。でもあいつは俺のこと気にして、わざわざあんたのとこへ連れてきた。圭一はまっすぐここへ来たで。あんたのこと信頼してたんやろうな。それだけでも、まあええ生き方やったと思うわ。これっていう時に、チャチャって預けられる相手がパッて浮かぶんのは、幸せなこっちゃで」

「チャチャチャが多いね。関西弁って。よく言うよね、チャウチャウがなんかとか」

「あの犬、チャウチャウとちゃうんちゃうん、ってやつやろ。俺、結構長いこと生きてるけど、本物のチャウチャウって一回しか見たことないわ。だから大概の犬はチャウチャウとちゃうっちゅうこっちゃ。あかん。久しぶりに喋って口が疲れた」

「じゃあ、もう寝なよ」

「そやな。もう寝るわ」

ヨミチは背中を大きく弓なりに反らすと、あくびをした。そしていつものように、汚い毛布の中で丸くなった。

猫は自由だ。でも、帰らない飼い主を思い続けられるほど、自由ではない。

カラになった餌入れを片付けながら、一瞬、鼻の奥がツンとなる。ヨミチはここへ来た日から、割り切っていたのだろう。もしヨミチが圭一を恋しがったとしても、どうしようもないのだ。

寝ているヨミチの額をそっと撫でた。柔らかい毛。広いおでこ。普通、寝顔って可愛いものでしょう。寝ている時のほうがブサイクだなんて、とことん終わってる。

ほんとなら泣けてくるはずなのに、自然と笑いが込み上げてきた。

きっと、このブサイクな猫に圭一も救われただろう。歌で世界は変えられなかったけど、毎日笑って過ごせたはずだ。そう思うとまた鼻の奥がツンとなる。

それでも、ヨミチがそうしたようにわたしも涙をのみ込む。もう少し、カリカリについて勉強しよう。猫は、飼い主を選べないのだから。

その翌週、矢代は会社を休んだ。今日で三日目。表向きの理由は病欠だが、おそらく違う。

ヨミチのこと、そこまで驚いたのだろうか。連絡しても業務的な返事しかこない。矢代は仕事でも現実主義だ。猫が喋るなんて超自然現象を、簡単には受け入れられないのかも。

しばらくそっとしておくしかない。

野見山が作ったB社のプレゼン資料は、ほとんど完成していた。チーム全員の最終チェックでは、安奈も感心していた。

「さすが矢代君の監修なだけあるわね。うちのシステムの特徴をしっかり押し出して、新しいものを嫌悪しがちの年配者にも理解しやすくできている。せっかくの高度なセキュリティ機能も、使う側が正確に使ってくれなきゃ意味がない。これなら別の拠点でも導入しようって声が上がるわね」

安奈の中では、すでに商談のイメージが膨らんでいるようだ。野見山はいつものようにヘラヘラしている。

「ベースは矢代さんが考えてくれましたけど、加工とかブラッシュアップは僕がやりました」

「やっぱりほとんど矢代君が作ったってことじゃない」安奈は呆れている。「まあいいわ。プレゼンのロープレやりましょう。本番の通り、野見山君はスクリーンに投影された資料に合わせて説明してちょうだい。原稿を棒読みじゃ駄目よ。これは説明会なんだからね。画面とタイミングを合わせて、聴衆に理解してもらえるようにね」

「そんな難しいことできませんよ。こういうのは矢代さんがやったほうがいいと思います」

「矢代君は全体の進行役でしょう。仕切るのも難しいのよ。私が聞き役やるから、進行役は……。まさきさん、矢代君っていつ来ますか？　風邪をこじらせたって聞いてますけど、もう三日だし」

「うん。明日は絶対に来るって連絡があった。もう体調は問題なくて、あとは勢いだって」

顔が引きつる。周りには気付かれていないみたいだ。

「長く休むと、怠け癖がついちゃいますからね。でもなんか安心した。あのできる男、矢代でも会社来たくないとか思うんだ」

「確かに矢代さんって、いつもピシっとしてますもんね。昨日の飲み会には来れなくて、女性陣ががっかりしてましたよ。でも代わりに僕が盛り上げておきました」

嬉しそうな野見山を、安奈がからかう。

「それって矢代君を餌にして企画したやつでしょう。あんたって、ちゃっかりしてるわよね」

「だからちゃんと矢代さんのことも持ち上げておきましたよ。神木さんも来てたから、二人で。そういえば矢代さんって、元は開発部のシステムエンジニアだったんですね。なんか意外でした。理系のイメージがまったくなかったから」

「そうよ。でもエンジニアっていっても、構築より、お客様に技術的な説明をする営業同行がメインだったの。その時の顧客評価がすごくよくて、営業部に配属になったわけ。適材適所ですよね、まさきさん」

「え？ ああ、そうね」

矢代がまったく別畑からの異動だったことなど、すっかり忘れていた。それほど矢代はすんなりと営業職に適応した。でもきっと、努力したんだろう。周りは知らない顔ばかり。新人じゃないから甘えることもできない。矢代が営業部に配属になった時、わたしはどういう対応をしたっけ？ 自分の配下に加わった時は？

親切に面倒を見た覚えはない。そういうのが不要だって雰囲気を醸し出していた。だがそれはこっちが決めつけていただけで、悩みや不安はあっただろう。

その矢代が、大声をあげ、半ば狂乱して部屋から出て行った。

ドアの開け閉めにはあんなに気を遣っていたのに、それすらも忘れて。

よほど怖かったのかも。

次の日、矢代は出社した。頬はこけ、顔色も悪い。随分タチの悪い風邪にやられたのだと、周りは心配していた。

「全然、眠れなくて」

ひと目を避けた廊下で、矢代は暗然と言った。

「俺、実はお化けとか、そういうのがめちゃくちゃ苦手なんですよね」

「そういえば、前に幽霊がどうのって言ってたね。見えるって言い張る人が嘘つきとは思わないけど、自分には見えない、みたいな」

あの時も、少し的外れだなと思ったのだ。矢代にとって、猫が喋るかどうかは問題ではない。矢代に聞こえないことが、重要だったのだ。

「でもね、ヨミチはお化けとかの類じゃないよ。完全にただの猫だし。ちょっと変なだけで」

「ちょっと？」矢代が目を剝いた。デカい目が血走って、怖い。「喋ることが、ちょっと変？　変だから喋るんですよね。なら、もっと怪しいことが起こり得る……。飛ぶとか、化けるとか、人を食うとか」

「気色悪いこと言わないでよ。あいつはただのオッサン猫よ。深く考えないで接してれば、こんなもんかって思えるわ」

「無理だ。絶対に無理」

矢代は暗く、思いつめた顔で首を横に振った。これはそう簡単にはいかない。本当に苦手なものというのは、軽口や冗談でかわすことすらできない。人に言われて克服できるなら、とっくにしている。矢代なら尚更だ。

たまに聞くではないか。せっかくできた彼氏が動物アレルギーで、飼っている犬猫とどう折り合いをつければよいか困っている。それと似たようなものだ。

「いや、だいぶちゃうやろ」

餌を食べ終わったヨミチは、窓からの月を見上げている。月光を浴びる猫。ブサイクなので全然絵にならない。

「理由は違うけど、ここに来れないのは同じでしょう」

部屋飲みのビール三本目だ。あれから、矢代とは仕事の話しかしていない。矢代はもう目を見てくれなかった。

　もしかしたら、これでよかったのかもしれない。まだ親密という仲ではない。だったらこのまま自然消滅を待ったほうが、お互いにとって楽なのではないだろうか。

　カラになったビール缶を握って潰す。悔しいとかじゃない。虚しいわけでもない。仕方がないのだ。何かを乗り越えてまで、彼がこっち側に来てくれるとは思えない。

「恋しいってやっちゃな」

「は？」

「やっさんが恋しいって、ラブの匂いがプンプンするわ。ラッキーやな、まさやんは」

「キモイこと言うな。この化け猫が」ムカッとして、ビール缶をぐしゃぐしゃにした。「何がラッキーよ。アンラッキーでしょうが。あんたみたいな妖怪もどきのせいで、久々の彼氏に逃げられそうなんだから」

「彼氏とか彼女なんか、いくらでもできるがな。その気になれば、誰だってそうや。猫かて、発情期になったらほっといても相手はできる。でも、一人でいる時にそいつのこと思うて恋しくなるのは、ほんまに好きちゅうこっちゃ。好きな気持ちは作ったり消したりできひん。勝手に溢れて、勝手になくなってまう。どうしようもないから貴重なんや」

「勝手に溢れて、勝手になくなる」

胸のあたりにズシッと重みを感じた。自分ではコントロールができない。戸惑う。え、わたしって、こんなに矢代のこと好きなの？

「たとえやっさんがロリコンで、覗き魔で、女装癖があったとしても、その気持ちはどうしようもあらへん。いつの間にか消えてることもあるし、ずうっと残り続けることもある。でも恋っちゅうのは自分ではどうにもならん。したい思ても、できるもんやあらへん。だからまさやん、そんな風に思えてラッキーやで」

しばらく思考が止まる。ラッキーの意味はわかった。だが、変なフレーズが多数出てきた。

「ちょ、ちょっと待ってよ。ロリコンで、覗き魔で、女装癖？　矢代が、ロリコンで覗き魔で女装癖があるってこと？　そういう匂いがしたの？」

「そんなん、どうでもええやん」

「いや、どうでもよくないし。全然どうでもよくないし」

血の気が引いてきた。ロリコン、覗き魔、女装癖。どれをとっても、変態だ。

「じゃあ、もうやっさんのこと好きやなくなったか？　好きな気持ちはどっかいったか？」

ヨミチは目を細め、面倒臭そうに言った。わたしはグッと息を飲んだ。

「それは」

どっかいってない。

「ほれ、みい。どこもいってへんやろう。だからたいしたことやあらへんねん。好きっていうのは、自分の思い通りになってくれへん厄介なもんなんや。ちなみにやっさんはロリコン、覗き魔、女装癖、どれもちゃいます。だからほかにあかんところがあっても、許したりいや」

「あんたねえ！」

近くにあったクッションを摑んで投げると、ヨミチの足元に落ちた。ヨミチはそれを見ている。

「まあ、どうしてもやっさんが俺のこと嫌がるようなら、出てったるわ」

「はあ?」ギクリとした。慌てて、ぐしゃぐしゃのビール缶を意味なく呷る。

「何言ってんのよ、行くとこもないくせに。だいたい、それとこれとは別よ。人間ってのはね、複雑なのよ。猫一匹でどうこうなるような、単純なもんじゃないんだから」

「へいへい」と、ヨミチはクッションを頭で押し戻すと、また、窓越しに月を見上げた。

プレゼン会場には、思っていた以上に広い会議室が用意された。大型のスクリーンが壇上に設置され、聴衆も多い。並べられた椅子の数に野見山は青くなっている。

「柴田主任。どうしましょう、役員も来てます」

「ビビることないって。同じ社内なんだから、気楽に行きましょうよ。失敗したってかまわないから」

そう言っても、野見山はガチガチのままだ。原稿を握る手に力が入りすぎている。

矢代が笑いながら野見山の頭を軽く叩いた。心の内はともかく、見た目にはすっかり元通りだ。

「緊張するのはカッコつけようとするからだぞ、野見山」

「矢代さん。僕、頭が真っ白になりそうな予感がします」

「そのために、ちゃんと原稿があるんだろうが。笑いを取ろうとか、いいこと言おうとか思うな。ペース配分を間違えないようにスクリーンをよく見て、ゆっくり滑舌よく読むことだけに集中しろ」

「役員が意地悪な質問してきたらどうしましょう」

「質問のカテゴライズは俺がして、チームの三人の誰かに振る。手元にそれぞれが資料持ってるんだから、すぐに答えを探すよ。俺らは技術屋じゃないんだ。専門的な質問は後日展開すればいい」

矢代が野見山を宥めすかしている間、わたしは会場の設置を手伝った。B社の直担当の玉川も、椅子を並べている。

「よう、柴田」

「変なお節介なら、もうやめてよね」

わざと冷たい態度を取ると、玉川は困ったような表情を浮かべた。

「悪かったよ。なんだか仕事とプライベートがごっちゃになってさ」

「気持ちはわからなくもないけど、ご心配は無用です。わたしたち、うまくやってるし」

「そっか」と、玉川は苦笑いだ。「このコンペと、おまえらのことは別だから。どっちも俺が焚き付けたみたいになってるけど、結果には影響なしだぞ」

「当たり前でしょう。仕事とプライベートはきっちり分けてちょうだい。依怙贔屓(えこひいき)なんかしないでよ」

「よし。それでこそ、柴田。矢代が抜けても大丈夫だな」

玉川はホッとしたように笑顔で行ってしまった。何を言っているのだろうと、少し苛立つ。わたしだって本当は緊張しているのだ。社内とはいえ、大勢の前でのプレゼンだ。もし野見山が崩れたらフォローしなければいけない。

プレゼンの参加は四チーム。それぞれの資料を大きなスクリーンに映し、二十分の説明に、十分の質疑応答。わたしたちのチームは最後だ。多少の緊張感はあるものの、ほかのチームの発表は和やかに進んでいく。出番を控えているので細かく判断するほどの余裕はないが、仕上がりはまばらだ。最初のチームの資料は数字や文字が多くて、利用時のイメージが湧かない。次のチームは進行役のテンポがよかった。でも印象が薄い。

「このチーム、いいですね」

こそっと安奈が囁いてくる。三番目の発表だ。わたしもそう思っていた。

「でも、よほどのポカしない限り、うちが一番ですよ。野見山がフリーズするとか、途中で逃げ出すとか」

「大丈夫よ。野見山君だって何度も練習したんだから。ねえ、野見山……」

振り向いた先にいるはずの野見山がいない。

あれ、さっきまでそこにいて、何度も原稿を読み返していたよね。

なぜか、野見山が持っていたぐちゃぐちゃの原稿がチームのもう一人の営業の手に持たれている。嫌な予感がした。

「野見山君は？」

「それが、どうしても我慢できないって、これを僕に押し付けてトイレに行きました」

驚きのあまり声も出ない。隣では安奈も固まっている。

三番目の発表が終わり、拍手が起こった。予定時間が押しているせいで、すぐにスクリーンが切り替わる。

駄目だ。もう始まる。わたしは原稿を取ろうとした。だが先に、安奈がむしり取った。

「まさきさんは質問が来たら二人分の答弁を受け持ってください。原稿を読み上げるだけなら私で充分……」だが安奈が目を剝いた。「何よこれ、汗でぐっちゃぐっちゃじゃない」

薄暗い会場の中、スクリーンの準備をしていた矢代が戻ってきた。

「もう始めますよ。あれ、野見山は?」

誰もが顔を引きつらせている。安奈の手に握られたぐしゃぐしゃの原稿を見て、矢代は事態を把握したようだ。

「なんだかよくわかりませんけど、俺一人で仕切りと説明やります。内容は頭に入っているんで」

「いいえ、私がやるわ」

安奈はきっぱりと言った。

「原稿の読めない部分はスクリーンを振り返りながら説明すれば、なんとかなると思う」

揉めている時間はない。わたしが自分でやる？　それとも矢代に任せる？　矢代なら一人二役できるかもしれない。でも安奈だって何度も野見山の練習に付き合っていた。

見ると、安奈の足が震えている。そりゃ、そうだろう。いくら社内とはいえ予想外の出来事だ。度胸の問題じゃない。勝手に足が震えるのだ。

足。急に、すらりと長い安奈の足に目が吸い寄せられた。ふとヨミチの後ろ姿を思いだす。

「安奈、あんたの足、イケてるわ」

「へっ？」

「足も、尻もイケてるわ。いい尻してるのよ、あんた」

「柴田主任？」と、矢代が訝る。

わたしは安奈から原稿を取ると、両肩に手を乗せ、後ろを向かせた。ほら、めっちゃいい尻。ため息が出るくらい。

「中途半端なことはやめて、堂々と客に背中を向けていきましょう」

「それじゃ聞き手に声が届きませんよ」

矢代が眉根を寄せる。安奈もだ。

「大丈夫。聴衆に向いてなくても、マイクがあるわ。モタモタするくらいなら潔く背中を向けましょう。だって安奈の後ろ姿、カッコいいのよ。役員のオッサン連中は絶対に釘付けよ。要するに聞いてもらえればいいのよ。内容はうちのチームが一番なんだから」

安奈はきょとんとしている。だがすぐに、ニヤリと悪戯っぽく笑った。

「そうですよね。足とお尻なら、矢代君より私のほうが断然上だもの。でもお尻のせいで、おじさんたちがプレゼンに集中できなかったらどうしよう」

「そうなったら、聞いてないのがバレないように逆に高得点ゲットできるかもしれないわよ」

「内容で勝負するんじゃないんですか?」と、矢代は呆れている。

「いいの。使えるものはなんでも使っていくのよ」

安奈の足の震えは止まっていた。いつものようにすらりと細く長く伸びている。よし、まずは自分から。

わたしは大股で、明るい壇上に立った。マイクを取って、はっきりと言う。

「柴田チームより発表いたします。皆さま、ご注目ください」


「会場に入った時、ちょっと異様な雰囲気でしたよ。みんなが小松さんの後ろ姿に注目していて」

野見山が戻ってきたのは、安奈が説明を終える少し前だ。コソコソと暗闇に隠れ、最初からいましたとばかりに端っこに加わった。結局、何の役にも立っていない。

それなのに平然としている。安奈に怒られても、逆に嬉しそうだ。

「あんたね、開始直前にいなくなるってどういうことよ」

「よかったですよ、始まる前で。もし発表の途中でお腹が痛くなっていたらと思うと、恐ろしいです。勇気を出してトイレに行った自分を褒めてやりたいですよ」

　これが今どきの若者か。安心と呆れで、今は相手をする気になれない。

　全チームの発表が終了し、会場の後片付けが始まっている。野見山の能天気さはいずれなんとかするとして、とにかく安奈に感謝だ。

「安奈。ありがとう。さすがだったわ」

「いいえ。背中向けてやれって言われたお陰で、開き直れました。どうでした、私のお尻は」

「最高。尻もよかったけど、外回りで鍛えたふくらはぎもよかったわ」

　実際、後ろ姿がマイナスになるどころか、スクリーンよりも安奈に見とれている男性社員は多かった。聴衆へのアイコンタクトはなくとも、プレゼンする安奈の口調は明瞭で、内容は充分伝わったはずだ。だが採用されなければわたしの責任だ。コンペの結果は後日。手応えはあったが、確信というほどではない。

「目線がオッサンすぎますよ」と、矢代が呆れている。「野見山はあとでぶっ飛ばしておきます」

「え、なんでですか。だって生理現象ですよ」

「やかましい。営業なら、ケツの穴を縛ってでも客前では笑え」

「そんなの無理です。小松さん、助けてください。これってセクハラでパワハラですよね」

「なに甘えてるのよ。あんた、ちょっと鍛え直しが必要ね。いいわ、矢代君に代わって私がぶっ飛ばしてやるから、今日、会社終わったら付き合いなさい」

「えー、業務時間外に小松さんとですか」

野見山はあまり嬉しくなさそうだ。会場を出ると矢代が小声で話しかけてきた。

「さすがです。小松さんに任せて正解でした」

「なんでもかんでも矢代君に頼りっぱなしもどうかと思ったのよ。安奈は度胸があるし、もし失敗したとしても、それを経験値にできる根性もある。お尻の良さだけじゃなくて、あの場面では彼女が一番適任よ」

「猫のことで俺が情けない姿見せたから、幻滅されたのかと思った」

「まさか」

びっくりした。お化けの件、そんなふうに考えていたのか。

でも矢代の唇の端にはいつもの気障っぽい笑みが浮かんでいる。つられて、こっちも口元がほころんだ。

「そのことは、しばらく忘れましょう」

「週末ゆっくり話したいから、次はうちに来て」

サラッと誘われて助かった。素直に頷ける。

ヨミチのことは時間を掛けて知ってもらうしかない。矢代は猫好きなのだから、不可能ではない。週末。なんだか今から緊張してきた。照れくさいからヨミチには友達の家に行くって誤魔化そうか。いや、匂いでバレるか。

「すごく嬉しそうですね、柴田主任」

女子トイレの鏡越しに、また総務のミスなにがしさんが話しかけてきた。しまった。ニヤニヤしているのを見られていた。ミスなにがしさんはにっこり笑って、化粧直しを始める。

「私もさっきの会場にいたんですよ。あんまりよくわからなかったんですけど、柴田主任のチームさすがですね。カッコよかったです」

「そう、どうも」

逃げよう。だが、向こうのほうが俊敏だ。こっちがトイレから出る前に、鏡に向かって言った。

「これで矢代さん、希望の部署に異動ができるんですよね。よかった。ストレスかかえていそうで、私、心配していたんです。いくら矢代さんがやり手でも、合わない部署で働くのって辛いですもんね」

止まるな、足。無視しろ。

駄目。振り向いてしまった。

「異動を希望してるって、矢代君が言ってたの?」

「え? 柴田主任、知らなかったんですか。やだ、どうしよう」

「矢代君から直接聞いたの?」

「ええっと、直接っていうか、矢代さんがそう言ってたっていうのを聞いたんです。ごめんなさい。柴田主任は彼女だから、こんな大事なことは当然聞かされてると思って」

ほら、回りくどい言い方しているけど、直接聞いてない。どうせ飲み会かなんかで仕入れたネタだ。引っかかるな。無視しろ。

でも駄目。足も耳も、離れない。

ミスなんとかは鏡の中の自分に向かって喋り続けた。

「矢代さん、さっきのコンペで勝ったら開発部に戻してもらえるように第一営業部の玉川課長にお願いしてたんでしょう。B社のお仕事を置き土産にすれば、綺麗にチームから出られますもんね。矢代さんだったら、きっと一番になれますよ。彼氏の希望が叶ったら柴田主任も嬉しいですよね」

こんな中途半端な時期に、異動なんかできるはずない。否定したいが、売られた喧嘩を買わないのも戦法だ。黙っていると、ミスなんとかの顔が不機嫌になっていく。なるほど。これが素の顔か。これだけ根性据わっていれば、営業でもやっていけるんじゃない？

しびれを切らしたミスなんとかは、ツンと顎を反らして出て行った。わたしはすぐさま矢代を探した。矢代はまださっきの会議室にいた。玉川と二人だけで立ち話をしている。

咄嗟(とっさ)に扉の陰に隠れた。いや、こういうのはよくない。だいたいドラマだと、こんな場面で立ち聞きするのは悪い内容と決まっている。

「勿体ないと思うけどな。営業は花形だ。おまえは営業に向いてると思うよ」

玉川は笑っているが、どこかバツが悪そうだ。

矢代のほうはいつもの皮肉っぽい笑みを浮かべている。

「嫌いじゃないですけどね、ただ、モノづくりのほうが好きなんですよ。さっきのプレゼンが採用されたら、約束どおり根回ししてくださいよ」

「わかってるよ。部長にはおまえが真剣にエンジニアに戻りたがっているって相談しておく。だが、今期は無理だぞ。柴田のチームがB社に関わるようになれば負荷も増える。できる営業マンが抜けると、あいつだって困るだろう」

「俺だってすぐに希望が通るとは思っていませんよ。数字にも最後まで責任を持ちます。でも柴田主任には、反対されませんよ」

「どっちかっていうと、俺はそっちのほうが心苦しいよ」

玉川は困ったようにため息をついた。

心臓がドキドキしている。これって、なんの話だろう。なんだか男の嫌な部分を見てしまいそうな予感がする。

「おまえ、柴田にはバレないようにしろよ。俺が焚き付けたってこと」

「誤解されるような言い方しないでください。言い出したのは俺ですよ」

こっちのムカつきも知らずに、矢代は明るく言った。

「まささきさん、何か食いたいものある？　駅前にすげえうまい餃子の店ができたって」

「行かない」

「え？」

「行かない。話がある」

顔を引き締め、矢代と向き合う。矢代は一瞬驚いたようだが、すぐに余裕めいた笑いを浮かべた。

「何？」

「さっき、玉川と話しているのを立ち聞きしちゃったの」

「ああ」と、矢代は少し目を眇めた。「なるほどね」

何がなるほどだ。飄々（ひょうひょう）としやがって。ちっとも動揺しない矢代に、カチンときた。こっちも無表情を崩さないぞ。

「B社のコンペに参加したかった理由。開発部への異動の根回しだったのね。コンペはチームで協力した結果よ。個人的な頼みごとするのは、勝手なんじゃない？」

「何が仕事への意欲になるかは人それぞれですよ。俺って結構、俗人なんで。それに採用されれば見返りは全員にありますよ。一番得するのは主任だと思いますよ。あなたのチームなんですから」

「だとしても、そんなに営業部が嫌なら、ひと言相談してくれてもよかったでしょう」

本当に聞きたいのはこんなことじゃない。全然悪びれない矢代に、ムカつきよりも焦りを感じる。わたしに誤解されたら困ること、ないの？

「俺はどんな仕事に対しても、好きとか嫌いとかありませんよ。でも自分のしたいことがあるなら、そのために根回しするのは悪いことじゃないと思っています。俺を営業に推薦したのは玉川課長だから、希望を伝えたまでです。大袈裟に考えないでくださいよ。玉川課長に人事権があるわけじゃないんだから、単なる口利きです。さっきのコンペだって、結果はわからないんだから」

「それだけ？」

「それだけって？」

こいつ、完全にシラを切るつもりだな。頭に血が昇って、周りも気にせず大きな声で言った。

「コンペの結果だけじゃないでしょう。玉川に、柴田を落としてみろってけしかけられたんでしょう」

「ああ、それね」矢代はケロリと言った。「聞いてたでしょう。冗談ですよ。でもきっと、前から玉川課長には意識されてたんでしょうね。でなきゃライバル視されるはずないから」

「ライバルって何よ。玉川はコンペに参加しないんだから、ライバルにならないじゃん」

「まさきさんって、ほんと天然ですよね。とにかくきっかけは玉川課長だとしても、今はこうして付き合ってるわけだし、たいした問題じゃない……」

怒鳴るより先に、矢代の頬を引っぱたいていた。自分でもびっくりだ。

「馬鹿にするな！」

頬を叩かれた矢代は、目を大きく開いて硬直している。わたしは走って逃げた。

マンションに帰る頃には、頭も冷えていた。カッカしていた分、虚しさが込み上げる。随分と大人げないことをやってしまったものだ。会社からそんなに離れていなかったから、誰かに見られたかも。そうじゃなくても叩くとか、駄目でしょう。

「なんや。何があったんや」

玄関口で靴のまま立っていると、ヨミチが近寄ってきた。軽やかな足取り、立てた尻尾が矢代の優雅さを思い出させて、苛立ちが蒸し返される。

「どうせ、あんたには何があったかわかってるんでしょう」

「わかるわけあらへん。なんかえらいことやってもうたのはわかるけど、それがなんなのかは、匂いだけではわからへん」

「あら、そう」靴をぞんざいに脱ぐと、鞄も放り投げた。「矢代を引っぱたいたのよ」

「シバいた？　ほえぇ。そらまた、なんでや」

「あいつが玉川とグルになって、わたしのことハメたからよ。信じられる？　あいつら、わたしで賭けをしてたのよ。わたしが矢代に落ちるかどうか、試してたの」

ムカムカしてきた。こんなふざけた話があるか。同じ会社で、しかも自分の上司を恋愛の的にして遊ぶなんて。どれほど下衆で、悪趣味で、自意識過剰なのだ。こんなことが周りにバレたら、矢代の評判だって下がる。無傷でいられると思っているのだろうか。

「それで、どうや。落ちたんか？」

ヨミチがブサイクな顔をかしげた。そのとぼけっぷりに、頭に血が昇ってきた。

「はあ？　知ってんでしょうよ。落ちたわよ。見事にあっさりと。あっという間に落とされましたよ」

「それの何があかんねん。なんか問題あんのか？」

「あるわよ！　あるに決まってんじゃん。わたし、騙されてたんだよ、矢代に。あいつはわたしのこと、好きでもなんでもなかったんだから」

「好きやって言われたんか？　矢代に」

「それは」と、グッと喉が詰まる。「言われてないけど。言われてはいないけど、付き合ってとは言われたもん」

「そやから、付きおうてるんやん。やっさんは嘘ついてるわけやあらへん。何があかんのや」

「何がって、何がって」

ヨミチが一歩ずつ距離を詰めてくる。なぜだかわからないが、わたしはじりじりと下がった。

「それは、あいつがおかしな理由でわたしに近づいてきたからよ。好きでもないのに口説いたなら騙すのと一緒じゃない」

「やっさんがどう思てんのか、ちゃんと確かめたんか」

「そんなの知らないわよ。あいつの気持ちなんか」

「ほら、知らんやろ。やっさんから直接聞いてへんのやったら、わからんがな。まさやんはすぐ決めつける。悪いところや」

ヨミチが足元までにじり寄った。ブサイクな顔で、じっと見つめてくる。

「やっさんに好かれてるかどうかが、大事なんか。それともきっかけが気に食わへんのか。お互いのスマホを取り違えたり、雨の日のタクシーで相乗りになったり、電車で痴漢から助けてもろたり、そういうのがきっかけやないから、怒ってるんやな。一目惚れでもなく、顔見た瞬間、頭の中でカランカランって鐘が鳴ったわけでもなく、前世で恋人同士やったわけでもないから」

「違うわよ。そんなドラマみたいな出会いがあるわけないでしょう」

「じゃあ、約束か。やっさんも圭一と同じでヤングマンやから、地に足が着いとらへん。絶対にまさやんのもとからいなくならへんて保証はない。だからあかんのか。相手が自分を好きやって、安心できなあかんのか。まさやんは確実なもんしか、好きにならへんのか」

「そんなんじゃない！」

怒鳴って、ヨミチを睨みつける。そんなんじゃない。特別なものが欲しかったわけじゃない。

「そんなんじゃない。約束も保証もいらないし、たとえ明日いなくなったとしても好きになったわよ。ただ普通でよかったのよ。普通に会社で毎日顔を見て、話して、お互いを知って、ああ、この人いいなって、こういうの好きかもって、その程度でよかったのよ。ドラマみたいな運命的な出会いなんか求めてないわよ。わたしの知らないところで、矢代がわたしのことネタにしてたのがショックだったの。軽んじられてるみたいで嫌だったのよ。わたしにとって、矢代とのことは充分ドラマみたいなのよ。特別なの。わたしだけが一方的に好きなのが、悔しかったのよ」

一気に吐き出すと、肩で息をする。さっき、矢代に言えなかったことを全部ぶちまけた。ヨミチが言わせてくれた。

ヨミチはブスっと口を噤（つぐ）んでいる。ただのブサイクな猫みたいに見上げている。もしこいつが本当にただの猫で、喋るのもトリックか何かで、幻聴か妄想だとしても、わたしは今、言いたいことが言えてすっきりした。泣かずに、済んだ。

「ヨミチ、あのさ」

「ストーカーや」

「はい？」

「ストーカーがおるぞ。窓の下、見てみい」

わけがわからず窓を開けて、下を見る。矢代がマンションに入ろうとしているところだった。

慌てて顔を引っ込める。心臓がバクバク鳴り響いている。

「矢代だ」

「ストーカーやな」

「違うって。矢代だよ」

鞄を手繰り寄せてスマホを見ると、矢代からここへ来るという連絡が入っていた。

「やっさんはなかなかしつこいで。そう簡単には諦めへん。でも追いかけてきても、男前やとストーカーにならへんからずっこいなあ」

「何しに来たんだろ。謝りに来たのかな。それとも、引っぱたいたことを責めに来たのかな」

「俺が思うに、好きや言いに来たんとちゃうか」ヨミチは顔いっぱいにヒゲを広げ、口を尖らせた。見ようによっては照れているようだ。「チュ、チュ—されるかもな」

窓に駆け寄り、もう一度下を見る。矢代の姿はない。ここへ来るのだと思うと汗が噴き出した。

「どうしよう。部屋が散らかってる」

「そんなん、どうでもええがな。それよりパンツや。まさやん。パンツは大丈夫か」

「パンツのほうがどうだっていいわ。あんた、ちょっと黙っててよ」

そわそわと待っているのに、五分、十分待っても誰も来ない。三階だからすぐに着くはずなのに。ヨミチを一顧する。

「なんで来ないんだろう?」

「やっさんやったら、廊下で震えとるんとちがうか」

「そうか、あんたが怖いんだ。もう。矢代が怖がらないように、消えちゃってよ」

「ははは。邪魔してすまんかったな」

インターフォンが鳴った。矢代だ。怖いのに訪ねてきてくれた。そのことに胸がいっぱいになる。今度は最後まで矢代の話を聞こう。引っぱたいてゴメンって言おう。賭けにされて傷付いたことも。年上で、上司だけど、わたしはあなたが好きですって、ちゃんと伝えよう。

ドアを開けると、矢代が引きつった顔で立っていた。何かを言いかけたその口から、突然、悲鳴が飛び出す。

「ぎゃあ！」

飛び退いた矢代の足元を、灰色の埃みたいなのが走る。素早すぎて、よくわからなかった。

「やばい、猫だ」

矢代はすぐに真剣な顔になった。

廊下に出ると、そこにはヨミチがいた。灰茶のボサボサな体をして、顔だけこっちに向けている。ヨミチは廊下の手すりにヒラリと飛び乗ると、いなくなった。

矢代がすぐに手すりから身を乗り出し、下を覗く。

「やばいよ、まさきさん。猫が逃げた」

「え、でもヨミチは」

「もういない。早く」

何が起こったのかわからないまま、矢代の背中を追う。マンションの外、わたしの部屋の下、さっき矢代がいた場所には何もない。ただの暗がりだ。

「俺、こっち側探すから、まさきさんは反対のほう探して。隅っこのほうもしゃがんでよく見て。追っかけたら逃げるから、追わないように」

「ヨミチが逃げた……」

ぽつり、呟（つぶや）く。そんなことあり得ない。ヨミチは毎日汚い毛布に座って、わたしがあげた餌を食べて、関西弁で変な説教ばっかりしてくるんだ。こんなに高いところから飛び降りられるなんて知らない。ヨミチは部屋から一歩も出ないし、餌も、柔らかいやつに変えたばかりだ。毛布だって、また臭くなってきた。

「嘘、ヨミチ？」

マンションの植え込みや、自転車置き場。頭を屈（かが）めて覗き見る。

「嘘、いない。なんで？」

ヨミチ。走って出て行った。すごい勢いで。どうして？

振り返ったよね。ブサイクな顔で。あれは、どういう意味？

「嘘、嘘。冗談でしょう。ちょっとブサイク。ふざけるのはやめて、早く出てきなさいよ」

膝をついた。手もついた。自動販売機の裏、ゴミ箱。何もない。ブロック塀の向こう側を覗こうとつま先を立てる。どうしよう、届かない。向こう側が見えない。

涙が出てきた。

「ヨミチのアホ。バカ」

圭一から預かった大事な猫。もう圭一はいないから、わたしの大事な猫だ。

「ヨミチのアホ。バカ」

どうしようもないくらい、涙があふれてきた。ヨミチ。その前の名前は？　夜の道で拾われる前にも、誰かが名前をつけたはずだ。きっとたくさんの飼い主がいた。風来坊みたいにあっちにフラフラ、こっちにフラフラ。執着も愛着もなく、自由に生きるのが猫。そんなのに振り回されても、もうヨミチのいない暮らしなんて考えられない。

「まさきさん、ちょっとどいて」と、矢代がわたしを押し退けた。ブロックに腕をかけ、体ごと向こうに乗り出す。

「おい、猫。ヨミチ、どこ行った」

「わたしのせいだ。わたしが消えろとか言ったから」

涙と鼻水でぐしゃぐしゃになった顔を、ぬぐう。矢代はちょっと呆れているみたいだ。

「消えろとか言って消えるほど、猫は素直じゃないよ。もう一周してくるから、反対から探して」

「うん」

頷き、さっき探した場所をまた這いつくばって探す。やはりヨミチはいない。もう永遠に見つけられない。そんな予感がした。這って、這って、マンションの入り口まで戻ってきてしまった。商店街のほうへ行ってしまったのかもしれない。探しに行こうとした時、矢代が両手に何かかかえて近よってきた。——ヨミチだ。

「いたよ」

「ヨミチ」

ヨミチはおとなしく矢代に抱かれていた。ブスっと不貞腐れたような顔を少しだけ上げる。

「あんたは、もう、心配するじゃないの」

鼻をすすりながら、ヨミチを抱き取ろうとして止まった。矢代の手から血が出ている。

「矢代君、引っ掻かれたの？」

「俺じゃなくて、こいつが怪我してる。ほかの猫に引っ掻かれたんだ」

「喧嘩したのかな」

「いや。雌猫に後ろから飛び掛かろうとして、パンチくらってた」

「うう、バカ……」

情けなくて、涙が零れる。ヨミチはすっとぼけたようにそっぽを向いている。

「こいつ、ワクチン接種してる？」

「ワクチン？」

「してないか。念のために病院行ったほうがいいんじゃないかな。キャリーバッグある？」

「スーツケースじゃ駄目だよね」

「こいつが入るくらいの段ボールは？」

「ある。それならある」

ダッシュで部屋から段ボールを持ってくると、ヨミチを入れて二人でタクシーに乗った。わたしの膝の上のヨミチは動かないし、喋らない。ムッツリと口を閉ざしたままだ。矢代の横顔は少し硬い。

言いたいことが色々ありすぎて、何から言おうかと迷っているうちに、先に矢代が口を開いた。

「うちの猫もよく脱走したんだ。猫ってさ、軟体動物みたいにちょっとの隙間から逃げるんだよ。だからその、そいつが化け猫だとしても、気を付けてやらないと」

矢代は薄く笑っている。もうヨミチのこと、平気なんだろうか。だがよく見ると、顎のあたりがピクピクしている。

メンチカツの時と同じで、やっぱり格好つけてるんだ。いつもそれなりに格好つけるのが、こいつの男気なんだろうな。頼りになるかならないか、そんなのはどうでもいい。わたしはこの人を頼ってもいいんだと、胸が熱くなる。

「ありがとう。矢代君がいてくれてよかった。本当にありがとう」

「うん。それと、さっきの話。玉川課長のやつ」

「あ」と、急に思い出した。怖いけれど彼の本音を聞かなければならない。

「まさきさんを誘ったきっかけは、まあほんとにそれだったんだけど」

んじゃないかな」

わたしもそう思う。ブチブチ文句垂れるだろうけど、最後はしゃあないなって、ブサイクな顔で言うだろう。そっと段ボールに戻すと、子猫は篤にしがみつこうと伸びをした。篤も鼻先を近づける。

「名前、なんにする？」

「うーん。そうね、夜の道でヨミチでしょう。商店街に捨てられてた猫で……何がいいかな」

「ポン酢買いに行って見つけたから、ポンズは？」

「あっはっは！」

思わず大きな声で笑った。子猫がびっくりしている。

ポン酢を買いに行って見つけたから、ポンズ。猫がもう一匹増えた。しばらくはみんなでポンズの取り合いになるだろう。服も鞄も、そこらへんに置いておけない。壁紙、クッション、電源コード。ちょっとの隙間。部屋で飼えるから楽なんて、嘘。病院代もバカにならない。心を読まれて翻弄される。全然可愛くないって時も、結構ある。

それでも、猫のいる暮らしって、癒されるの。

本書は書き下ろしです。

双葉文庫

い-60-01

元カレの猫を、預かりまして。

2021年2月13日　第1刷発行
2024年1月25日　第3刷発行

【著者】
石田祥

【発行者】
箕浦克史
【発行所】
株式会社双葉社
〒162-8540 東京都新宿区東五軒町3番28号
［電話］03-5261-4818(営業部)　03-5261-4831(編集部)
www.futabasha.co.jp（双葉社の書籍・コミックが買えます）
【印刷所】
大日本印刷株式会社
【製本所】
大日本印刷株式会社
【カバー印刷】
株式会社久栄社
【DTP】
株式会社ビーワークス
【フォーマット・デザイン】
日下潤一

ISBN978-4-575-52446-8 C0193
Printed in Japan